Blue Hawaii

蓝色夏威夷

Blue Hawaii

[日]

青山七惠

著

宋刚 译

上海译文出版社

目　录

蓝色夏威夷

夫人从晚报上抬起脸，猛然说道："今天就到这里吧，收工！"听到这声音，原本熟睡的查理王骑士小猎犬吓得一下子睁开了眼睛。

　　五点的钟声明明还没有响起。

　　工人们停下手里的工作，伸个大大的懒腰，一边忍耐着刚刚醒来的小狗的骚扰，一边开始慵懒地收拾东西。

　　"小直，到一边去！"

　　小狗仍然倔强地在工人们脚边转圈。于是三木元把它抱起来，送到了夫人的办公桌旁。刚一着地，小狗又跑回工作台，兴奋地汪汪叫了起来，还不停地用身体撞向工人们肿胀的双腿，没完没了。"这只笨狗……"三木元小声嘟囔了一句，这话可不能让夫人听到。可是，无论怎么赶，工人们都赶不走在脚边乱跑的这个小东西。小东西的眼睛清澈圆润，玻璃弹珠一样，任何时候都像含着两泓泪水，仿佛只要求求它，它就能随时随地为自己掉眼泪一样。所以呢，优子对它可是凶不起来的。

　　"小狗狗，我们要回去了，不能陪你了喔，下周一我们还会来和你玩的。"

詹妮蹲下来，抚了抚小狗的脑瓜，噘起嘴假装亲了它几下。

三木元见状，又走过来抱起小狗，一声不吭地把它抱回到夫人的办公桌旁，詹妮目送着她的背影，脸上露出了一丝落寞。她解开棕褐色的马尾，晃动着身子，脱下了工作时穿的罩衣。

优子推着一个箱子往门口走。箱子有脚轮，里面装着包装好的商品。小狗又兴奋了，欢快地跟着跑了出去。小狗一边跑，一边频频立起两只前脚，想要看看箱子里究竟有什么东西。于是，优子扶着小狗的身体，把它的脸凑到了箱子的边缘。箱子里是堆成小山的棕色盒子，上面已经贴好了邮址。小狗把鼻子伸到了小盒子们的中间，呼呼地嗅了好一阵。嗅着嗅着，小狗忽然扭过头，向上看起了优子的脸。优子也定定地注视着小狗的眼睛，直到它看向了别处。

"今天公民馆好像在办夏日祭。"

"没错！我女儿的同学还要在那里参加马戏团的表演呢。"

夫人刚一开口，正举着保温杯喝茶的夏目大婶就应声答道，她的烟酒嗓很明显。

"真的吗？马戏团都会来吗？"

"可不是真正的马戏团。算是大学的杂耍社团？毕业的社团成员弄的什么团体，反正是那一类的东西。一有活动，主办方就会叫他们去助兴。"

"这样啊。"

"那个姑娘初中和高中都是学校器械体操队的主力，高中的时候，还参加了全国大赛呢。我女儿也跟着一起去参赛了，就是快要比赛的时候，没想到弄伤了脚……"

"哎呀，还有过这样的事？"

两个人一个在这头，一个在那头，就这样隔着工作室，扯着嗓子聊起了家常。身处她们两个中间的小狗已经逐渐恢复了平静。它一边摇着茶色的毛绒绒的尾巴，一边开始一心一意地一个一个地鉴赏起工人们的脚的气味。

优子把半成品和没有来得及包装好的布偶放进了一个纸箱，纸箱上用记号笔做了标记。之后，她提着塑料袋围着工作台绕了一圈。胶带头和布屑、不能再用的填充棉、不知是谁擤鼻涕后团成一团的纸巾、吃仙贝时掉的渣子……优子把这些收进了塑料袋后，封好口，丢进了垃圾筐。她回到自己的工位，罩衣刚脱到一半，邻座的吉永就突然把头凑过来，小声说了一句："我先过去哦。"优子听了，身体下意识地往墙壁那边避了避。

"那我就先回去啦！"

吉永跟大家打完招呼，站起身，把衬衫的衣摆用力塞回到灰色的长裤里。接着，他抚了一下大腿裤子上的褶皱，夹上真皮的文件包，利索地走出了事务所。他的文件包里装着什么，屋子里没有一个人知道。

"这么急，会去哪儿呢？"

夫人嘟囔了一声，其他几个女人齐刷刷地看向优子，一个个都笑出了声。

优子一边逗着小狗，一边尽量放慢收拾的速度。离开事务所后，她依旧慢吞吞地挪着沉重的脚步，缓缓走向了公民馆。来到公民馆的门前，一个人正站在大门旁，双脚摆成"稍息"的站姿，胸部微挺，双手藏在背后，这个人正是吉永。

吉永远远看到优子，露出了开心的笑容。看到他笑脸的那一瞬间，优子真的很想"向右转"，径直走向公交车站。吉永把背后的双手转到了身前，原来他的手里握着两杯冰沙，冰沙上装饰着小小的椰子树。

"没忍住，就买咯。"

冰沙上盖满了一层厚厚的、蓝蓝的糖浆，几乎看不到白色的冰沙了。杯壁上挂满了水珠，变得滑溜溜的。

接过来的瞬间，杯子刺溜一下，在手中一滑，柏油路一下子被冰沙染成了蓝色——这幅图景，栩栩如生地在优子的脑海中浮现出来。

这一幕尽管没有发生，但优子的脑海中浮现出类似的清晰画面时，或早或迟，大多情况下都会真的发生。

要是真的会发生，在那之前一定要多吃几口。想到这里，优子赶忙叼起带有竖纹的吸管，使劲吮吸起了半溶的冰沙。

"味道怎么样？"

"味道不错。"

"那……咱们去看看马戏团的表演吗……"

公民馆的停车场上，粗大的木架撑起了一个蓝色的宽大的顶棚。顶棚下是一个临时搭建的椭圆形的舞台。舞台的中央，一根平衡木突兀地立在那里，上面装饰着金丝、银丝点缀的彩虹色丝带。两个呼啦圈大小的圆环，红艳艳的，从顶梁上高高吊下来。舞台前方的地面上铺着一大块塑料布，颜色和顶棚一样蓝。从附近一带赶来凑热闹的孩子们，还有他们的家长们，整整齐齐地坐在上面。一个个的手上还举着小吃摊上买来的美味。大人们孩子们都在等待着马戏团的开场。优子和吉永没有坐到塑料布上，他们站在了一旁，和大大小小歪歪扭扭的鞋子们同席，也在等着开演。

两个人默默吸着冰沙，良久过后，场内终于回响起喇叭吹奏的主旋律。接着，从舞台的后侧并排跑出三个人。一个男人赤裸着上半身，身上缠绕着锁链。一个女人身着黄色的体操服。还有一个女人穿着皮质的比基尼，她的手上拎着一根绳子，绳子后面拴着一头雄狮，原来这个女人是驯兽师。小孩子们开心地欢呼起来，双手伴随着音乐的节奏打起了拍子。

"那个大家伙是真正的狮子吧？！"

"里面一定有人吧！"

7

"我觉得一定是真的！我刚刚看到它的胡子一动一动的！"

"你错了！是假的！绝对是假的！我刚刚看到它脖子的长毛毛后面有一条拉链！"

"老师！有拉链吗？你没有看到，对吧？！"

"胡说！老师，老师您比我们个子高多了，肯定比我们看得清楚得多！"

"老师！老师你快说，你没看到什么破拉链！你看到了它的胡子在动吧？！"

"那个狮子绝对绝对是冒牌货！"

……

"身体不舒服么？"

听到问话，优子睁开眼睛，面前是吉永的脸，比预想的距离还要更近一些。他的嘴唇正中，有一圈发紫的蓝色。

"还好，就是脑袋有些嗡嗡响，可能是太冰了。"

话没说完，优子又开始大口大口吸起了冰沙，杯子里还剩有大半。

舞台上，在观众们的喝彩声中男人挣断了身上的锁链。身着体操服的女人一定就是夏目大婶提到的那位，她女儿的同学。她在平衡木上，为观众表演了无数个侧翻。坐在塑料布上的一个孩子大喊："好棒啊！像天上的星星一样！"女驯兽师则显得有一些局促。她小心翼翼地点燃悬挂着的呼啦圈，圈上燃起了真的火焰。接着，她解开狮子的脖套，在它耳边说了些什么。之后，狮子乖乖地从圆环的中间跳了过去。狮子成功穿越后，女驯兽师晃动圆环，熄灭了上面的火焰。接着，她一边转动手上的绳套，像丝带一样在空中画出一个个圆圈，一边靠近狮子，从挎在身上的腰包里，取出一个苹果和一个毛乎乎的小动物，喂给了狮子。

"动作一板一眼，像真的驯兽一样啊！"

看起来，马戏表演超出了吉永的预期。

在身旁的这位吉永先生的邀请下，上上周优子参加了一个烧烤聚会。

平日里他们两个聊天的时候，优子从未觉察过年龄上的差距。但是，聚会上，身处吉永的同学们之中，尽管她与其他人仅仅相差五岁，她总觉得，称呼眼前的人们"叔叔""阿姨"，心里才能更舒服一些。自始至终，优子都自感孤零零的。在县立公园的绿植环绕下，她一个人久久地沉浸在孤立无援的心境之中。不过，状况也没有糟糕到极点，好在小孩子的数量足够多。优子一边用心地经营着和初见的叔叔阿姨们的社交，一边故作乖巧地洗洗菜、往炉角清理清理烤焦的肉渣，一边偷眼瞧瞧嬉闹的孩子们——他们有的在争夺一根铁签上穿着的鱼豆腐，有的抱在一起玩相扑——仅仅如此，优子的心情倒也得到了一丝慰藉。

优子当下的心情，大致也和那次聚会时相仿，同样孤零零的，同样孤立无援。幸好这里也有一群足够活泼的孩子，同样拯救了优子的心情。

"很久以前，俄罗斯大马戏团来日本公演的时候，我们全家还一起去东京看过。"

没有任何铺垫，吉永自顾自低声回忆起了自家的往事。优子一声不吭，保持住脸上的笑容，继续吮吸着冰沙。塑料布上的孩子们，被舞台上的表演惊得目瞪口呆。孩子们都张着大嘴，一张张圆脸像油锅里的豆腐丸子一样，在优子的大脑中，开始咕噜咕噜地旋转。优子非常想念那些曾经和自己亲近的孩子们。开始的时候，孩子们一个个都很腼腆，不论怎么逗他们，都不会对自己露出笑脸。可是，过了一年，将要分别的时候，几个孩子哭着不肯说再见。他们几个的脸蛋儿也和现在的豆腐丸子混在一处，一起咕噜咕噜转了起来。

"我去下洗手间。"

"哦哦，去吧，我在这里等你。"

吉永要去方便的时候，每次都不会打声招呼，一转眼就没了人影。优子原本也可以效仿，但她担心万一自己没有勇气回来，就这样径自离开的话，之后总要解释。提前打声招呼，解释的时候，可能也不至于太过难堪。提前打过招呼，可以让对方觉得，自己不是一开始就想离开的，自己当时真的只是想去一下洗手间。

公民馆的洗手间里灯光昏黄。优子方便完，打算再一个人消磨掉一些时间。她没有从进来的前门出去，特意走了后门。这扇门，平时应该是员工的专用通道。来到公民馆外，一排高大的山毛榉，分隔着公民馆的院子和外侧的便道。树下是一个长长的自行车棚，棚顶铺着镀锌铁皮，车棚里塞满了自行车。车棚里面聚集了几个年轻人，他们懒懒散散地斜倚在车把或车座上。两个男生穿着像是高中的制服，一个女孩衣着清凉，还有一个男孩是无袖背心，脖子上挂着夸张的金属链子。车棚的灯光微微泛绿，几个人的脸色看起来都有些不太健康。优子既然看到了他们，他们当然也正在打量着优子。

不知什么缘故，优子感到有些恐惧，总觉得这几个人下一秒就要拦住她。于是，她鼓足勇气，加快脚步，想要尽快从他们的视野中走出去。

"老师！"

一声呼唤，优子的心跳停了一拍。叫住优子的是那个穿着吊带短裙的女孩。她左躲躲右闪闪，灵巧地从自行车们的缝隙间走了出来。女孩把手上的烟在便携烟灰缸里按了按，烟灰缸放在了一辆车的车座上后，蹦蹦跳跳地来到了优子跟前。

"你在叫我……吗？"

优子盯着女孩的脸仔细端详，但大脑一片空白。女孩长发垂胸，她见优子不说话，就把长发向一旁撩开，露出了左侧的脸颊和耳朵。

"你看，这里，你不记得了吗？"

女孩露出的左耳像是被狗咬过，少了五分之一左右。

"想不起来了吗？"

女孩松开长发，把脸转了回来。女孩胸罩的吊带露在了连衣裙的外面，乳白色的吊带带着蕾丝花边，耷拉在胳膊的两侧，仿佛是扇贝的已无生气的裙边。

难道是傍晚时夏目大婶提起的那个女孩？她女儿的同学？优子的身体，向后挪了挪。但是，那个女孩现在应该还在车棚对面的舞台上，还在像天上的星星一样，在平衡木上侧翻。况且，那个女孩也不可能认识自己，自己也没有一点印象，曾经教过她。

"老师，我是美纳呀！我的名字写出来是'药袋'，但要念成美纳，你忘了吗？"

眼前的这个女孩喊自己老师，这样看来，她应该是自己曾经教过的孩子。可是，这不寻常的耳朵，还有不寻常的名字，优子在记忆中高速搜索，却找不到些许痕迹。

"真抱歉，我一点也……"

"原来把我给忘了啊……"

女孩大大的眼眸里流露出一点点失望。

优子沿着记忆的河流逆流而上，更加卖力地找寻。事与愿违，复苏的回忆都是些平日里努力尘封的、不想重新面对的东西。

"不过也不能怪你，毕竟我就待了一个月，又过了好

12

几年的时间……老师，那时候你还是个实习生。"

　　虽然还是没完全想起来，但是写作药袋，读作美纳，这样的名字优子的确并不陌生。她能感觉得到，自己曾经遇到过。倘若不是在电视上或书籍上看到过的名人，八成就是眼前的这个女孩了。想到这里，优子不那么害怕了。

　　"美纳……模模糊糊的，感觉是有一些印象，真不好意思。"

　　"不用呀，又不用道什么歉。"

　　"没想到你还会记得我。"

　　"我时不时还会想到老师呢。"

　　自行车棚里的几个男孩，远远地留意着她们这边的动静。女孩转过身，对他们大声说："你们先回去吧。"男孩们听了，叼着烟，侧过身，蹭过一辆辆自行车，从对面的另一个门大摇大摆地晃出去了。

　　"真不敢相信，还能见到老师！"

　　女孩看起来兴奋得不得了，在原地不停雀跃着，车棚里回响起人字拖拍打在地面上的声音。

　　"记得老师说过，大学毕业以后，要在东京的学校里当老师，就不会再回来了。我真的以为再也见不到你了。你学校放暑假了吗？"

　　"不是……"

　　"那……难道你回来当老师了？"

　　"不是……"

"那是……"

"……确实，之前一直在东京的学校工作，现在呢……我已经不当老师了。"

"啊?"

"现在做其他的工作了。"

"其他的工作?"

"就是在那种……网店，就是……制作好布偶，然后放到网上去卖的地方……"

人字拖的声音戛然而止，女孩突然不说话了。她的目光中，那一点点失望又卷土重来，而且，要比刚刚浓重得多。

优子不自觉又退了一步，她重新陷入思考，这一次不再是在记忆中搜索。……如果曾经的某一天的自己，直到今天为止，一直都停留在这个女孩的心里，时不时会被回忆到。并且在她的回忆中，自己永远是那个散发着光彩的、发自内心喜欢的老师。可是有一天，在夏日祭的一个角落，看到了一个幻灭的、无力的、不知该何去何从的、一把年纪还吸着冰沙的自己，这个女孩怎么可能接受呢……说起来，我的冰沙呢? 冰沙跑到哪里去了?

"我还有点事……"优子说完，扭头扔下女孩，从刚刚出来的后门，又逃回到了公民馆。

优子不想把食物拿进洗手间，冰沙应该是被她遗忘在了走廊的窗台上。回到走廊，不知怎么回事，冰沙已经掉落在了地板上，染出了一片蓝。那棵小小的椰子树倒在蓝色的冰水中央，像是一个在死水上浮沉的不明物体。优子从挎包中取出手帕，吸足蓝色的冰水，在洗手间和走廊间，她来来回回往返了不知多少次。之后，走廊的地板总算清理干净了。这一次，优子没有再从后门出去。

回到停车场，不出所料，马戏表演已经结束了。塑料布上的观众们都低着头、弓着背，享受着各自的美食。

吉永还站在原来的地方，一边呆呆地望着帐篷和舞台被一点点拆除，一边一动不动地等着优子回来。

"对不起，我回来晚了。"

听到背后的声音，吉永的肩膀晃了晃，连忙摆手说道："啊，没事没事，没关系的。"接着，他从口袋里取出两张淡蓝色的纸片。

"那个……这个是刚才买冰沙的时候，店家送的两张奖券，要去试试看吗？"

优子跟在吉永的身后，来到了临近公民馆的图书馆前，那里有抽奖的摊位，两个人排在了队尾。轮到他们了，吉永先摇起了八角形的抽奖盒。一个白色的珠子应声掉了出来，奖品是一把特制团扇，上面印有农业协会的广告。吉永用抽到的团扇给优子扇着风，优子握住了摇奖盒的手柄，摇了起来。这次掉出来的，是蓝色的珠子。摊位里负责抽奖的女人表情显得有些不太自然，用鼻子哼了一声——"特等奖"。优子接过那个女人递来的铃铛，自食其力地摇了几声，向所有人宣布，自己中了特等奖。

铃铛响起的瞬间，排在后面的人们，都七嘴八舌地骚动起来。大家队也不排了，纷纷围在了优子身边，都想仰视一下今天小镇上最幸运的大奖得主。

特等奖——夏威夷双人五日游。

"优子呀，要和谁去夏威夷呢？"

周末过后，优子的脚刚迈进工作室的门口，就听到三木元劈头盖脸地问道，她吃了一惊。不过，更让她惊讶的，是在自行车棚叫住自己的那个女孩，那个自己可能教过的学生，孤零零地坐在自己的座位上。而且，她和其他所有人一样，也穿着草黄色的罩衣。

"啊，这个……"

"太棒了吧！好幸运！"

"的确，到现在我还是不敢相信……"

"和谁去呀？"

"那个……"

"吉永先生吗？"

吉永听到自己的名字，连忙停下了包装的工作，两只手举到面前左右摇动，连声否定："不是不是不是。"

"不是？不是挺合适的吗？我们早就知道啦！你俩的事情。没事的哟，去吧去吧！"

绀野大婶开起了他们两个人的玩笑，其他人也都"嗯嗯嗯"地点头，纷纷表示认可。优子很想否认，但整个屋子的风向已经很难扭转。她只能一声不吭，露出勉为其难的笑容。

"话说回来，五天可不短呢。你们两个都不在的话，这里的人手就不够了。头疼头疼，夫人一定会发脾气的。对了，夫人和社长每年都要去一次夏威夷的，她最爱去那儿买奢侈品。口红呀、吸油纸什么的，她还买回来送过我们呢。"

"优子呀，你可以问问夫人，她对夏威夷可了解了，能告诉你很多攻略呢。说不定呀，夫人还会跟你一起去呢！那样的话，吉永先生你就不开心了吧？"

"对呀对呀，吉永先生，那样肯定不行吧？"

"不行不行……啊，不不不。"吉永像是定格了动作一样，只知道缩着脖子，对着女人们，把两只手摇成了团扇。看到这幅情景，优子并不喜欢，但还是保持住了笑容，没有轻易让这个表情消散。

优子望着奖券和夏威夷观光导览，在幸福感之中度过了悠长的周末时光。这种幸福感，是无人打扰的，是清澈见底的。

半年前，刚刚回到乡下的时候，优子从未想象过，在这个小镇，可以有如此满溢的幸福到访。那时候，她甚至不敢一个人出门，每天只是在家里默默以泪洗面。因为过去几年，种种的不幸像是五月的梅雨一样，纷至沓来，从未间断。至于未来，她曾经坚信，那些不幸一定会延续下去，并且还会加倍膨胀、蔓延。过了一段时间，优子终于有了勇气，开始和母亲一起去去超市，一起把衣服送到干洗店。就算一个人的时候，也可以出门逛逛街了。时过半年，优子才恢复到了现在的样子。她可以一边听着大婶们聊家常，一边像个正常人一样，卖力地包装布偶、派发快递了。因此，在这样一个时刻，突然降临的夏威夷双人游，对于这些年一直在人生的泥沼中挣扎的优子来说，可不仅仅是随随便便中个奖而已，那绝对是来自上天的动力、奖赏、抚慰和笑颜……大概除此以外，再没有其他可以形容的辞藻了。换句话说，可能有无数人，在他们的一生之中，都会去一次夏威夷旅行。但是，在优子看来，这一次的夏威夷，和其他所有人的旅行绝不相同，是如此的特殊，是一个好得不能再好的兆头，似乎照亮了自己今后的整个人生。因此，如果一定要和一个人同行，这个人一定也要非常特殊，也要拥有相应的分量。

大婶们捉弄吉永的时候，美纳一直坐在优子平时的座位上，手上刷刷刷地转着圆珠笔。她时不时会盯住优子看一会，眼神中还藏有一丝怜悯。如今，会用这样的眼神注视优子的，大约只有和她相依为命的母亲，还有这里的夫人宠爱的那只小猎犬了。

夏威夷长夏威夷短，拿两个人开够了玩笑以后，三木元终于想起来要向优子介绍美纳。

"哦哦！这孩子，是今天开始在咱们这里做兼职的美纳。"

"最近呢，布偶小玲又上电视了。夫人说，这星期的订单一定少不了，所以才请美纳来帮忙。优子，你教教她要怎么做吧。"

三木元没有把优子介绍给美纳，优子自己微微躬身，说了一声"请多关照"。美纳坐在自己的工位上，优子没有地方坐，只好到夫人的办公桌后取来了一把圆形的小折叠椅。优子没有把椅子放在吉永和美纳之间，而是放到了美纳与墙壁之间。

"请多关照……"

美纳点头致意后，嘴唇嘟起来，又加了一句。尽管她没有出声，但从口形可以看出来，是"老师"。优子假装没有看到，从纸箱里取出了包装到一半的布偶，压低声音，向美纳解释起工作内容来。

工作室有五位裁缝组成的缝纫小组，小组长是三木元。优子的工作，就是把他们缝制好的布偶小玲装到塑料盒里，用礼品纸包装好，最后再贴上邮址。

布偶小玲是他们制作的商品。个头不大，样子就像是被压矮了大半截的女儿节人偶，只不过小玲的五官做成了洋娃娃的模样。这里本来是建筑工程事务所，社长夫人很早就喜欢布艺，因为闲来无聊，就自己缝了一个布娃娃。为什么要做成女儿节人偶的模样呢？因为这座小镇的特产就是女儿节人偶。夫人把几个缝制好的布偶送给了事务所的职员，大家都识趣地夸赞"好可爱""好可爱"。夫人听后，心满意足，也有了下功夫扩大生产的动力。于是，左邻右舍都得到了夫人赠送的布偶。过了一阵子，机缘巧合，夫人制作的布偶和当地生产的女儿节人偶一道，成为了地方特产展会的展品。展会上，库存的布偶有二十个，名字定为"布偶小玲"。不过，最终卖掉的只有两个。尽管夫人对销量不太满意，好在卖出去的那两个，买主是来展会视察的副县长，这让她的心里舒服了很多。几天后，事务所的电话开始响个不停。打电话来的是来自全国各地的顾客。所有人说的都一样，就是"我要布偶小玲""一定要卖给我"。仔细打听后才知道，原来是一位年轻的女艺人受邀参加县政府举办的活动时，得到的纪念品就是布偶小玲。之后，她在网上炫耀说，小玲给她带来了好运，是真正灵验的吉祥物。

毫无疑问，敏锐的社长夫妇把小玲当做了绝好的商机。他们立刻招募了几位小镇里手巧的女人，把建筑工程事务所的二楼改造成了工作室，为的就是满足全国各地发来的雪片一样的订单。听说除去布偶，社长夫妇又拉上本地的农家，还有不清楚哪里找来的食品制造商，计划明年开始销售小玲的主题饼干。

夫人坚定地认为，小玲之所以可以带来好运，让他们赚得盆满钵满，最大的秘诀就在于每一个都是工匠们一针一线亲手缝制出来的。制作过程中，大家还都会诚心诚意祈念，祝愿小玲为所有人带去幸运。因此，她把这一点当做了最大的卖点，还要求邮址也要手写上去。优子本身觉得，布偶小玲没有一点可爱的地方。当然，她也从未期待可以得到一个。不过，当她看到有人把这个小不点挂在车内的后视镜，有人把它拴在女包的提手上，也不是不懂这些人的心理。每一个人，想要得到的都是不费力气就可以降临的好运。人们期盼，好运是至纯至简的。人们不希望好运与个人付出多少努力有关，不希望与曾经经历多少痛苦有关。无论是好人还是坏人，都希望平等地获得好运。就像是期盼天上掉下来的馅饼，尺寸都大小一样。

"可是……掉到我的头上的，竟然是夏威夷旅行。"

心里这样念叨，幸福感油然而生，瞬间就可以充盈整个身心。但是，自己真的配得上这份好运吗？一旦如此转念，幸福感上又会一眨眼遮上一片乌云。于是，优子尽量只去想象夏威夷如洗的碧空、沙滩上身材火辣的外国人、美味的牛排、奢侈品店里琳琅满目的口红和吸油纸……一幕幕都好像就在眼前。

午休时间，夫人来到二楼，给每个人分发了一份便当。看起来，便当并不能让美纳有饱腹感，她问三木元："可以去一下便利店吗？"得到了许可后，美纳跑出了事务所。

过了不到五分钟，美纳大口大口喘着气跑了回来。手上拿着面包还有一袋子软糖。

"公司里面就有零食呀，多得吃不完……"坐在对面的井上大婶，看了美纳的样子，有些瞠目。

"感觉肚子像是个无底洞……"美纳有些不好意思。说完，她继续闷着头咀嚼饭后甜点。

"正是胃口好的年纪呀。"

优子不清楚美纳的具体年龄。在自行车棚遇到的时候，优子觉得美纳是高中生或是个发育较早的初中生。不过，要是当年自己实习的时候，她就已经是小学生的话，现在的实际年龄，就应该在二十岁到二十六岁之间了。优子心里这样默默计算着，但她依然并不确定。

井上大婶站起身，从夫人的办公桌那里取了一大袋巧克力。一旁的绀野大婶帮她打开后，像是发扑克牌一样，给每个人的面前滑去了一块。

"美纳是一直留在老家吗？"夏目大婶接过巧克力，一边放在嘴里嚼化，一边问道。

"对的。"

"高中毕业后，做了什么呀？"

"画画呀……打打零工什么的。"

娇小的个子，圆圆的娃娃脸。或许是这些，让美纳看起来比实际年龄小上很多。可她说话的时候，嘴里总像是含了三四块软糖，舌头仿佛被压住了一样，发音含糊不清。还有，不论是饮料瓶还是其他什么东西，往桌子上放的时候，明明可以轻拿轻放，可她总会发出乒乒乓乓的响声。一举一动都是大大咧咧的，就算在吉永先生面前坐着，两条腿也不并紧，反而经常四门大开。从这些地方看来，美纳实在不像是一个二十几岁的应该已经成熟的女人。可是，优子又想，如果自己在花季的时候，没有为了虚荣心，硬要到忙忙碌碌的大城市闯荡，如果自己一直留在乡下，画画、打零工，或许自己也不会像现在这样过分老成。想到这里，在优子的内心，美纳的那份孩子气反而越发证明了一种难能可贵的璞真。而优子自己也越发感受到自身的无奈与可悲了。

"一直跟父母住一起？"夏目大婶继续追问，语气中还隐隐带有些微诘责。美纳咬了一大口面包，只是简单率直地答了一声"对呀"。

"好羡慕呀，美纳的父母一定不会觉得无依无靠。我家的千佳呀，去东京上了大学以后，毕业就留在那边工作了，根本不想着回来看看我呢。"

"千佳最近怎么样了？"

"倒是混得不错，毕竟在大银行工作。具体做什么我就不清楚了，她说每天都忙得很。"

"这样啊。"

"也不给我打电话，只会说忙死了忙死了。可银行不是到时间就关门吗？说不定呀，每天晚上都不知道跑到哪儿去疯呢。"

夏目大婶的眼睛，已经开始烁烁放光。再继续看下去，优子隐隐觉得，自己的心里会更难熬。于是，她低下头，专注自己手上的工作。

美纳啃完面包，就起身去了洗手间。美纳刚一离开，吉永就把屁股挪到了她的椅子上。吉永单手拿着收货人的清单，计算着今天快递车来收货之前，要写完多少份邮址。优子偷眼瞥了瞥吉永的侧脸。不知是不是纸的颜色白得有些刺眼，吉永眯缝着眼睛，不时还会用力眨一眨。吉永胡须浓密，虽然已经刮过，但从侧面看，下半张脸像是裹着海苔的仙贝，肿胀且泛着青光。他的下巴像是下唇的翻版，也带着粗粗的纹路。整体看来，显得肥大而松弛。仔细端详过青春朝气的美纳后，吉永的确显得上了年纪。

不只吉永，三木元、夏目、井上、绀野、詹妮，在这个屋子里工作的所有人，都显得比平时更老了几岁。

"这两个人开始商量夏威夷的事儿了。"

詹妮说完，女人们又开始哄堂大笑。优子和吉永也不能继续谈工作了，只好跟着笑了起来。

下午四点半，和往常一样，夫人手里拿着晚报，带着小猎犬，来到了工作室。到了五点，伴随着铃声，夫人宣布收工。

离开工作室，优子走向公交车站。半路上，身后忽然有人大喊了一声："老师！"

大概是一路跑来的，和中午一样，美纳大口大口地喘着粗气。

"今天老师教了我很多，谢谢你！"

"……一进门就突然看到你，真的吓了一跳。"

"也不算碰巧遇到老师，周末我找来找去，最后托人进了工作室。"

"找来找去？找什么？"

"老师不是说，自己在一个制作布偶的地方工作吗……"

美纳原本就上气不接下气，脸蛋憋得红红的。说完这句话，色号更深了一度。再看这边的优子，也显得有些难为情，她也只能敷衍了一句："这样啊……"

"夏目大婶提起的她女儿千佳，我俩小学和初中都一直是同学。后来，千佳考上了县立重点高中，我俩就再也没见过了。不过呢，小学的时候，我俩上下学都在同一个路队，所以阿姨还记得我。啊，阿姨就是夏目大婶。话说，老师是不是也不记得千佳了？"

"那个……要不还是别叫我老师了，虽说我很开心。我呢，在工作室从没提起过以前的经历。"

"你做过老师的事，要跟大家保密吗？"

"也不是特意隐瞒，就是说了的话，她们肯定会问这问那的。"

"原来是这样呀……"

美纳陷入了沉思，一声不吭地和优子并肩走着。两个人走到公交车站，美纳问："老师坐到哪站？"优子说了站名后，美纳接着说道："我比老师早两站下车。"于是，两个人一同上了停在那里的公交车。

"老师，你在和那个大叔交往吗？"

"你说的是吉永先生吗？"

"对的。"

"当然没有。"

"可听大婶们的语气，感觉就是那样的呀。"

"是她们自己乱说的。"

"老师不和她们说你们没在交往吗？"

"我要是那么说了，可能被她们嘲弄得更厉害。"

"那就真的不是男女朋友啦。夏日祭的时候，你俩在一起，我还以为你们真的……"

"你看到了？"

"是在抽奖的地方，老师不是抽到了夏威夷双人游，我也看到了哦，好幸运呢！"

公交车停下了，在等待绿灯。空调的温度低得过分，优子觉得有些胸闷。她握住扶手，把车窗推开一道缝。车外的暖风，随即拂面涌来。

马路对面，是一座加油站。一个身穿连体工装的男人，正在引导进去加油的车辆。优子很早就认出，男人是自己的初中同学。不过，他的名字已经想不起来了，只记得曾经是学校棒球队的投手。

"老师，你一点都没变呢。"

"嗯？"

"刚刚，大婶们开老师的玩笑的时候，老师一直笑呵呵的，也不说话，真的是一点都没变。"

"我在小学实习的时候，也是这样吗？"

"对呀。"

"不会吧……真的吗？"

"那时候，我呢，正好遇到了霸凌，就因为这个耳朵。"

优子的心里，像是扎了一根针。美纳刚要说些什么，又闭上了嘴。等到信号灯变成绿色，公交车继续向前开动，她又开口说道：

"有一天，放学后，我的鞋子被同学藏起来，没法回家，只能一个人回到教室哭鼻子。那时候，老师进来了。老师开始没说话，就出去了。没一会，老师又回来坐在我身边。然后你就问我，为什么在哭呀。我说了以后，好一阵子，你都没有说话。我的心怦怦跳，不知道你会说什么。过了一会，老师突然开口了。你说，老师从生下来的那一天开始，没有过一次，没有和任何人，吵过一次架。老师的鞋子也被别人藏起来过，老师的桌子上还被别人乱写乱画过。但是呢，老师从来没有怨恨过那几个同学，也从未想过以后要找到机会报复回去，将来变成大人物，当面羞辱他们。老师呢，总是找一个没有人看得到的地方，像现在的小美纳一样，一个人哭鼻子喔。"

"真的吗？当时我还说过这些话……"

美纳和在工作室的时候不一样了。尽管说得断断续续，但是，声音里明显有了力量。她一口气说了下去：

"老师说完，脸上露出了笑容。但是，不是那种大家在一起时开心的笑。我觉得，我应该多跟老师说一些心里话。于是，我就把平时的遭遇和想法，都一股脑说了出来。那几个同学，用剪刀剪过我的头发，强迫我偷过别人的东西，让我喝过厕所里的水，类似的事情，还有好多好多。我还说，那时候，我已经对什么都无所谓了。你们要怎样，就怎样吧。我怎样都可以，去死也没问题的。老师听了，对我说，老师小的时候，也这么想过，不如说，上了大学，不时也会有这样的念头。你还说，做一个行尸走肉，时间久了，一切就都可以慢慢结束。真的是那样就好了。可是，并不会。尽管如此，自己还是不想大声喊出来，吸引周围的人呵护自己。也不想把这种委屈，狠狠转嫁到无辜的他人身上。老师还问我，对于遇到的这些事情，还有这种心情，是不是在高高在上的大人面前，怎么都说不出口？要是有一个秘密花园，里面只允许老师和小美纳这样的，不需要闪闪发光，只希望生活在自己的小小世界里的人，只允许这样的人进入就好了。"

"不会吧……我竟然还说过这些。"

"老师最后跟我约定，要是将来有一天，发现了这个秘密花园，也会和小美纳分享。所以呢，我也答应老师，我要是找到了那个地方，也一定一定告诉老师。"

"嗯……真的是……嗯……"

"老师来实习的时候，总喜欢穿白色的、米黄色的那类浅色的贴身长裤。你在黑板上写字的时候，我们坐在下面，就能清清楚楚地看到你内裤的轮廓。那时候，欺负我的那几个坏孩子……对了，千佳也是其中的一个，就给老师起了个难听的外号，叫你'三角女'，在背后笑你。我听到了，气极了。但是，我想起老师那天放学后对我说的话，我才忍住，没有和她们吵起来。自己喜欢的老师被别人笑话，自己却什么都没有做，觉得好惭愧。"

"没事的，我不在意的，美纳也别往心里去。"

"时间过得好快，老师的实习期很快就结束了，你要回东京的大学了。大家给你送别的时候，我还递给你一封信，里面写了我家的地址，信上还写了，发现了秘密花园的话，老师要立刻告诉美纳哦。"

自己和这个女孩，原来还有过这么多充满细节的互动。听到美纳说起这些往事，优子觉得，也不是没有可能发生过。但是，美纳描述地如此清晰可见，反而让优子开始怀疑，那位老师，难道真的是曾经的自己吗？那个时候，优子二十一二岁。实习本身，已经让她筋疲力尽，无暇顾及其他。印象里，那时的自己，还在勉力维持着一段曲折的恋情。记得父亲生病住院，也是在那前后的事情。巨大的压力下，或许自己的记忆压根就没有能够完整地保存。

"我呢，还一直以为，老师一定会给我写信呢。"

“对不起……”

不只是因为没有写信，还有，没有记住那时的美纳，没有保留住美纳记忆中自己曾经的光环，以及并非这一刻才意识到的——这座小镇上，说不定有许许多多和自己相似的，甚至比自己还要不幸、还要渴盼好运降临的人们。而自己，却将所有人甩在一边，幸运地中了夏威夷旅行的特等奖。自己明明什么都没有做，却一个人偷偷摸摸地被好运拯救……千般滋味，一时涌上优子心头，却又仅仅浓缩到了“对不起”这三个字之中。

“没事的呀。”

美纳似乎接受了优子的道歉，夕阳照在她的面庞，辉映着美丽的光。

回到家，母亲已经吃过晚饭，正坐在榻榻米上的无腿椅上，一个人玩填字游戏。

看到优子回来，母亲马上问她累不累。

“不算累。”

听到优子的回答，母亲用手指了指桌子上的一张票据，说道：“快关门了，去把衣服取回来吧。”其实，可以的话，优子想尽早吃一口饭。但听了母亲的话，她也没有说什么。优子把票据装到口袋里，换上凉鞋后，就出门走向了洗衣店。

拉开玻璃门，优子走进洗衣店。熟悉的店员正坐在那里听着收音机的有线台。店员刚一看到优子，就要和她亲切握手。

"夏威夷！听说你中奖啦？恭喜呀！"

这个人，大概也盼着她自己可以中奖，也渴望去夏威夷吧。优子一边思索着，一边把攥在手里的票据递了过去。店员没有握到手，顺势迅速抽走了票据，然后"嘿哟"一声站起了身。架子上挂着密密麻麻的衣服，店员从里面找出了母亲参加葬礼用的和服，放到柜台上，咕噜咕噜滚成一卷，草草说了一声"给，辛苦"，就塞给了优子。之后，她咚的一声用力坐了回去，眼睛再也不抬一下了。正常情况下，在衣服洗好的这一天就来取走衣物的话，洗衣店该赠送一张打折券，当做是对自律的客人的一种奖励。可是，这一次，优子并没有得到。

不只是这一次。这几个月，优子替妈妈来取衣物的时候，相同的事情，已经发生了不知多少次。不清楚对方是故意的，还是只是单纯地忘记了，优子看不出。不过，回去以后，母亲看不到打折券，总会大发雷霆地抱怨："为什么不提醒一下呢？为什么不理直气壮地说，给我打折券呢？！"因此优子的心底，还是想要得到那一张纸的。尽管如此，每次来到店里的时候，优子总会感觉到一股莫名的低气压，让她无论如何也开不了口。

今天回去，母亲一样会唠叨个没完吧。不过呢，现在的自己，毕竟是这个小镇里排名第一的幸运儿。就算有一些磕磕绊绊的小事，也应该大度地睁一只眼闭一只眼。

在心里如此劝慰自己后，优子默默地离开了洗衣店。

从星期一到星期四，大家依旧断断续续地开着优子和吉永的玩笑，主题依旧是夏威夷。让女人们感到无趣的是，每一次，他们两个都只是傻傻地笑，每一次都这样糊弄过去。到了星期五，终于，三木元忍不住了，对他们说道："你们两个一起请假的话，我们其他人就不好办了，去之前，要早点跟夫人说清楚啊！"她的目光很是犀利，语气也颇为强硬。

"噢噢，好的！一定会的，一定会提早请假的。"

吉永回答得相当认真。优子慌了，她很想说，关于这件事，还什么都没有决定下来，所以也想请组长不要急着排班。她想把这个意思说得更加委婉一些，可一时也找不到合适的语句。瞬间，她便陷入到了词句的泥沼中，嗓子眼里只是发出了一些浑浊的响声。

美纳在一旁写着邮址，她听到声音，连忙停下笔，有些担心地盯着优子的脸。

"那我倒要问一句，到底想什么时候去？"

"呃、我还没……年底的那几天除外，上面写的是，今年的任何时间都可以……我印象里是……"吉永吞吞吐吐地答完，这次，井上大婶抓住机会，插了一句嘴："十一月怎么样？"

"十一月……您说得对……"

隔着美纳的肩膀，优子感受到吉永的视线正射向自己。更加要命的是，似乎某个结论已经开始向前推进。并且，貌似依靠自己的力量，已经无力阻挡它的车轮继续滚动。而她此刻可以做的，只有继续装作什么都没有听到。

"你俩都有护照吗？"

"对，我是有的。"

"要是马上就过有效期了，海关是不会放行的，上不了飞机哦。今天回去了，记得好好看看。"

"好啊，我回去就看。"

优子又感觉到，有人目光灼灼地看着自己。这一次，并非从吉永那个方向。优子抬眼看了看，原来是坐在三木元旁边的詹妮，正在怔怔地注视着自己。

优子和詹妮视线相交后，她看到詹妮的嘴唇在动。厚厚的嘴唇涂着粉色的唇膏，上下唇一开一合、一开一合，一直重复着相同的动作。詹妮似乎用尽了全身的力量，嘴唇叭叭叭地开合，似乎想要对优子说些什么。优子的思绪有些纷乱，怎么了？詹妮到底是怎么了？她想要说什么呢？平日里本就内向的詹妮，日语说得也并不流利。今天一早到现在，实际上一直没有说过话，大概是她想说什么，一时说不出吧？接着，詹妮的嘴里开始长时间发出水壶烧开水时响起的"呵——！呵——！"的声音。一开始，嗓子眼还干涩地发不出声。接下来，声音终于逐渐出来了。但是，詹妮的声音，和日语中仅有的五个韵母——a、i、u、e、o——的哪一个都挨不上。到最后，大家终于听到，詹妮清楚地说了一声：

"我想妈妈了!"

总算说了出来，话音未落，詹妮就"哇"的一声，双手掩面，暴风骤雨般嚎哭起来。

"哎呀呀，詹妮又犯病了。你们非要聊护照什么的。"

三木元搂住詹妮的肩膀，用手指温柔地抚摸起詹妮后背上弯曲蓬松的金发。可是，暴风雨还是没有要停下来的迹象。"哭哭啼啼的，一会夫人上来，会要人命的。"三木元说完，扶着詹妮站起来，把她带出了工作室。

自从美纳来到这里，就从吉永那里夺走了坐在优子身边工作和午餐的权利。看到吉永从早到晚都没精打采，女人们又抓住这个良机，把他当成了夏威夷以外的新玩具，不停制造着欢笑。

女人们一会说要给吉永先生打气，一会又故意说几句让他心惊胆战的狠话。吉永本来天性就唯唯诺诺，在这几个女人面前，更像是被霜打了一样。就连平时信手拈来的嘿嘿傻笑和故作腼腆，演技也越来越粗糙，不再传神。优子的心里，也越来越有一种如坐针毡的难堪。

"那位大叔，感觉性格也有点弱啊。是不是因为我，他就没法和老师……"

美纳说这句话的时候，公交车又停在了上次的那个路口，等待着绿灯。只要是优子坐的公交车，开到这个路口，绿灯一定会变成红灯。

加油站里，那位棒球队的投手正在把油枪插进一辆车的油箱口里。已经快三个月了，每天都可以看到他。可是，优子还是想不起他的名字。

"没有的事，美纳来之前，我和他也没有好到什么地步。"

"我呢，前几天，看到吉永大叔和他妈妈一起在超市买东西。"

"这样呀。"

"老师也会和妈妈逛超市吗？"

"会一起逛的。"

"我也是和妈妈一起去。"

"爸爸呢？"

"偶尔也和他去逛。"

优子没有和父亲逛过超市。父亲生病住院前，也在小学当老师。在医院住了半年以后，优子的父亲就离开了人世。葬礼上，很多父亲以前的学生前来吊唁。有不少人年龄比优子还要大得多。

"我父亲他……"

优子的话刚说到一半，美纳突然开口问道："老师，你是不是不喜欢吉永大叔那样的，是不是喜欢那样的？"美纳靠近优子，用手指了指对面那个穿着连体工装的男人。

"美纳说的，是那个加油站的人？"

"老师好像每天都要盯着他看……"

"那个人呀，是我的初中同学。"

"以前喜欢他吗？"

"不知道是喜欢还是讨厌，应该是其中的一种，但我就是想不起来了。"

"还有这种事……"

"有的，很奇怪吧？说实话，我连他的名字都想不起来了。"

公交车开动了，加油站被抛到身后，看不到踪影了。优子犹豫，要不要重拾刚才的话题，把父亲的事情继续说下去。没想到，美纳又冒冒失失地问了一句：

"老师，你为什么不做老师了呢？"

"呃……"

"已经不喜欢老师这份工作了吗？"

"也不算……不喜欢……"

"那是为什么呢？"

"不适合吧……大概。"

"怎么会呢？"

"我呢，很喜欢小孩子，也喜欢指导他们学习，可是，其他方面我做不好……"

"其他方面？会是什么呢？"

"嗯……"

"是什么呢？"

"这……说到底，或许是工作热情？我身上没有这一类的东西吧。"

"可……的确，在老师看来，自己可能不是一个合格的老师。其他的老师，我遇到过的，都会扯着嗓门，激动地说一些大同小异的话。但是……除了老师你，我……真的喜欢不上其他的任何一个老师。"

美纳的话语，让优子的泪水不受控制地快要掉下来了。美纳没有察觉到，她的双手紧握着座位前方的扶手，眼睛只是茫茫然地盯着自己紧握的地方。

"美纳有什么梦想吗？将来想成为什么，或是想要做什么工作。"

"……"

"我和美纳差不多年纪的时候，真的很想做老师，所以卖力学习，回到这里的小学实习，然后还给美纳和同学们上了课。我当时的这种梦想，美纳也有吗？"

突然，美纳对着扶手，皱起了眉头。鼻子因为发力，出现了深深的褶皱，嘴唇也开始跟着扭曲起来。对于优子的提问，美纳似乎需要用整张面孔才能消化。难以看透的表情持续了一段时间后，突然变得风平浪静。最后，美纳只是淡淡地回了一声"没有"。

"那……美纳没有想过，离开这个小镇，去东京，或者国外看看吗？"

"没有。老师是那么想过，然后就出去闯荡的吗？"

"嗯……算是吧。"

"可……又回来……"

"也不是我自己愿意回来的。当时我用尽了所有力气，还生了一场病，钱也花得……"

"老师当时没有积蓄吗？"

"存是存了一些，想着将来以防万一……"

"我也是，想着以后有急用钱的时候，所以打算存一些。"

"要是有花不完的存款，喜欢去哪里就可以去哪里，该有多好呀……"

"不过呢，我呀，也没有什么想去的地方。除了小镇上现有的东西，其他的，我也没有什么想看的。"

"……"

"小的时候，我一直想去秘密花园，就是老师说过的那个地方。可是呀，长大以后，越来越觉得，怎么会有那种地方呢？不过，要是将来我有钱了，我会用自己存的钱买一块地，在上面盖一座秘密花园。我会邀请和老师一样内向的、性格合得来的人一起，大家在里面平静地生活。谁和谁都没有争吵，也不会遇到什么让人烦心的事情。就平和地过着每一天，这样就好。"

"美纳的梦想，我也有过的。"

"可是老师不是可以去夏威夷吗？中了奖，老师也显得很开心嘛。夏威夷不就像是咱们说过的秘密花园？不是吗？"

"我也是这么想的。不过，这次的夏威夷，稍微有一些特殊。怎么说好呢？总之是很特别。而且，又不能不去……"

"老师会和大叔一起去吗？"

"怎么会。和谁去都不会和吉永先生去的……可是呢，关系好的朋友，都离得很远。我母亲的腰又不好，坐不了飞机……"

所以……美纳如果想去的话，要不要一起？——优子本想如此说下去，但她看到美纳快到站了，于是把嘴边的话咽了回去，只是说了一声"好啦，咱们明天见"。接着，优子帮美纳按了一声下车铃。

"要是……和老师性格一样好的人，能一直在我身边就好了……"下车前，美纳盯着优子的眼睛，喃喃说道。

她的眼睛里，似乎噙着一点晶莹。

一周过后，美纳、优子和吉永的三角关系依然没有燃起反转的剧情。何止如此，随着日子一天一天过去，一切都逐渐地理所当然地归于平淡，波澜不兴。女人们感到无聊，工作时间，每当美纳一离开座位，她们就按捺不住推进剧情的躁动。她们这个一句"吉永！好机会哦！"，那个一句"赶快商量商量夏威夷的事儿！"，想要强行拉近他们两个的距离。

优子还是像往常一样，脸上露出微笑，含含糊糊地搪塞过去。其实在她的内心，已经逐渐酝酿起星星点点的怒火。优子觉得，替别人操心，也应该有个限度。对于同样笑着搪塞的吉永，优子的怒火比对其他女人的还要更燎原一些。话虽如此，这一段幸福的时光，好不容易才到访，或许很多人终其一生也品尝不到，又怎能在这样无益的愤懑中度过呢？如此一来，恐怕本该享受幸福的天数中，就要自动减去生闷气的时长。优子不想变成那样，她下定决心，感到不愉快的时候，就只允许大脑憧憬夏威夷湛蓝的天空，以此来躲避怒火的炙烤。

"后天的慰劳会之前，你俩就定好日子，到时候就和夫人请假吧。酒桌上，好开口。"

三木元所说的慰劳会，是工作室的晚餐会。夫人的一个亲戚是一家小酒馆的老板娘。大家每个月都要在那里聚一次。聚餐所有人都要参加，已经成为工作室的惯例。除非是红白喜事，或者是住在一起的家人重病，再不然，本人受了什么了不得的重伤。所有消费，都是夫人请客。因此，借口手头紧不参加，显然也是行不通的。

到了四点半，夫人带着小猎犬上来了，还提醒大家慰劳会的事情。三木元嘴上不说话，手上针线照旧不停游走。只是她的一双眼睛，朝着优子和吉永两个人，没完没了地使着眼色。优子已经反感到了一定程度，开始引导自己去畅想夏威夷的蓝天。可是，因为湿热和疲惫，大脑中的图景描画得显然并不顺利。

工作结束后，优子还像每天一样，没有等美纳收拾完东西，就一个人离开了工作室。这个时候，吉永从后面追了上来，招呼了一声"辛苦了"，然后和优子并肩同行，他八成是受到了女人们的怂恿。

优子微微颔首，但脚步没有放缓，继续向公交车站走去。此刻，公交车还没有到站。

"最近，你总不接我的电话，所以今天……"

的确，最近几天，优子早上醒来以后，总会有吉永打来的未接电话。虽然有留言，但都是沉默几秒后，就挂断了。所以，优子觉得，应该不是什么特别急的事情。况且，每天在工作室都能见到。于是，她也就没有再给吉永打回去。

"夏威夷的事……"

话说到一半，两个人的背后，传来了一阵脚步声，步子急促，很容易使人误以为是跟踪狂。

"老师辛苦了！"

原来是美纳。她跑过来，开始和两个人一起走。

吉永没有把嘴边的话继续说下去，只是隔着优子，偷偷瞥了几下美纳。他的那张脸，已经愁得快要哭出来了。

三个人一路无语，默默来到了车站。吉永的家是另一个方向。"您辛苦了"，优子点头告别，等着吉永走向另一辆公交车。可不知什么缘故，优子和美纳的车来了以后，吉永也一起跟着上车了。

如果是往常，优子和美纳会一起坐一个双人座位。今天，还是那个座椅，优子靠窗坐着，身旁的却是吉永。美纳坐在了前面一排，一路上，她都一直回过身，看着后排两个人的脸。一路上，没有一个人出声。优子的眼睛，一直望着窗外。加油站里，今天没有看到那个男同学的身影。

　　在应该下车的那一站，美纳没有下。又过了两站，优子下车后，吉永和美纳两个也跟着下了车。在车上，美纳希望吉永先回去，吉永希望美纳先离开。当然，优子盼着的，是这两个人一起消失。尽管如此，三人谁也没有说出口，谁也没有表现出来。最终，路人眼中，和睦到无需言语的三个好朋友，一起肩并肩走到了优子家。

　　来到矮院墙跟前，优子看到母亲正在院子里给花草浇水。母亲穿着过膝的大褂，上面的图案是栀子花。随后，母亲也发现了优子。母女两个原地对视了几秒。最终，还是母亲的视线先移开了。一个中年男人，一个年轻女人，两个人夹在自己女儿的两侧，谁也不说一句话。母亲看了看男人，又看了看女人，向三个人欠身致意，然后回到了屋子里。

　　"夏威夷的事……"

　　从坐上公交车开始就一直持续到优子家的沉默，还是被吉永打破了。

　　"那个……想和优子小姐商量一下。三木元大姐不是说，让咱们慰劳会之前定下来……”

“我也想和老师商量一下！”

“你……商量什么？”

“夏威夷的事呀。”美纳一直看着优子说。

“可……美纳……”

“对吧？老师，我们赶快商量商量！”

“美纳和优子小姐聊夏威夷的事？有什么可聊的呢？”

“老师老师，我们一边吃晚饭一边聊吧。不早点定下来，可是不行的哦。”

美纳的两只手，握住优子的手臂，像是抓着神社里香资箱上的许愿铃。她晃动着身体，来回摇晃起优子的胳膊来。吉永沉默不语，以为美纳接下来会和自己说些什么。没想到，美纳用胳膊挽起优子，拉着她往玄关那边走去。

“老师，快！进去和大婶说一声，今天不在家吃晚饭了。”

美纳用力推了一下优子的后背，优子一个趔趄，进了屋子。

母亲人在厨房，一边吃一盘姜汁酱油凉拌茄子一边研究着一本残局棋谱。窗外的美纳和吉永，还是站在原地。

“晚饭可没准备那两个人的份……”

母亲小声说道。优子听了，没有搭话，直接到了二楼自己的房间，脱掉一整天被汗水浸渍的T恤，换了一件其他颜色的。接着，她下到一楼，在洗手间洗手、漱口后，又回到厨房，一口气喝了一大杯温吞的自来水。

"其中一个，是回去了吧？"

母亲说完，优子看了看窗外。矮墙外留下的那个人，不是吉永，是美纳。看清楚后，优子的心情，多少获得了一丝宁静。

美纳发现优子正往这边看，于是在原地轻巧地跳了起来，空中挥舞着两只手，招呼着优子。

美纳带着优子在小镇上走了将近一个小时。最后，两个人走到了一家县级公路旁的"甜甜圈先生"。

在路上走着的时候，美纳一只手拿着手机，时不时匆匆忙忙动动手指，貌似在和谁联系着什么。

"老师的肚子一定饿了吧？让你走这么久，真抱歉。"

进了甜甜圈店，美纳点了一个"布鲁克林旋转木马"。这是一份装有四种不同口味的甜甜圈套餐，每种口味看起来都甜得很，优子都没有见过。除此以外，美纳还点了葡萄口味的碳酸饮料。点完后，美纳从一个破破烂烂的零钱包里掏出钱、结好账，对优子说声"我先去找个位子"，就走到里边的座位去了。

夏日的傍晚空气湿热。加上长时间步行后的疲倦，离开家时的饥饿感已经消散得差不多了。其实，这种时候，姜汁酱油凉拌茄子一定比甜甜圈更可口。既然来了，优子只好点了一个法式原味甜甜圈和一杯冰美式。美纳在里面占了一张桌子，朝优子挥着手。优子向她走去，却看到美纳一旁还坐着一个人。那个人穿着连体工装，正是加油站的那位同学。

优子想，真是巧。一瞬间后，她又发现，她的同学和美纳，明显坐在同一张桌子的后面。

"老师快来!"

美纳站起身，挥动着双手。与在矮墙外时相比，她挥舞的幅度，似乎收敛了一些。优子一头雾水，走到两个人的桌子跟前。

"老师，吓到了吧?"

男同学满脸通红，面前的盘子里，放着两个甜甜圈。那是美纳刚刚买的，每个都被咬掉了一半。

"嘿，好久不见!"

男同学的第一声问候，声音洪亮，能把人吓得跳起来。周围的客人一起看向这边，都以为发生了什么意外。优子有些吃惊，甚至感到害怕。但是她的第一反应，是面上露出了微笑。笑容的反应速度，比她的情绪与语言还要快。

"是我拜托人家来的。"

椅子上的美纳，向前躬了躬身。

"我觉得呀，如果是他和老师一起去夏威夷，就再好不过啦。"

"仁科同学，你当老师了吗? 厉害厉害! 难怪，那时候你就是学霸。像我这样的，每天就知道打棒球了。"

嗓门依然令人侧目。说完，"哈哈哈"，男同学爽朗地笑了起来。

在加油站里，因为戴着工帽，优子没有看到他稀疏的头发。发量与他的年龄显然并不相仿。浓浓的眉毛，倒是精神地倒立着，还保留着一丝曾经飒爽的痕迹。他的嘴巴很宽，说话的时候，最里面的牙箍还和小时候一样，闪着银光，多多少少还能让人回想起他曾经的阳光与可爱。只不过，从他嘴里喷出来的气息，却带着浓浓的酒精味道。通红的脸原来不是因为久别重逢而生出的腼腆，只是酒醉后单纯的生理反应。

"这妹子突然来找我，说想让我见见仁科，夏威夷是怎么回事儿啊？"

"老师呢，在夏日祭抽奖的时候，中了夏威夷双人游哦。不过呀，找不到可以陪她去的人。"

"所以来找我？"

"你去不了吗？"

"可以是可以，不过呀，叔叔希望妹子你也能去哟。"

说完，男同学的身体靠近了美纳。美纳皱起了眉头，往后面挪了挪身子。看到美纳显出不快，他不仅没有收敛，反而把身体整个贴了上去。美纳连忙站起来，坐在了优子的身旁。

"干什么呀？叔叔好孤单呀。小妹妹长得太可爱了，快回我身边坐。"

"老师，我先回去啦。接下来你们两个好好聊聊吧。"

"我们两个？美纳，聊什么呢？"

"哎呀，老师，夏威夷的事情嘛。这样不是很好吗？那几个大婶，不是说要你在慰劳会前定下来吗？"

"喂！我们三个去喝一杯吧。我请你俩，好不好？喝一杯去啊！"

法式原味甜甜圈还没有碰过，优子用餐巾纸包起来，放进了挎包。然后她一声不吭地站了起来。

优子刚走到店门外，美纳就追了上来。

"老师！你要回去吗？"

"……"

"你别回去呀。"

"我得回去了。"

"你回去的话，我要怎么跟那个人解释呀？"

"不知道。本来也是美纳自作主张找来的，对不对？"

"昨天我找到他的时候，还不是刚刚这副样子。看着很温和，也不是那么粗鲁，他的样子，很像是能和老师还有我成为朋友。"

"所以美纳想让我怎样？"

"我还以为……我能成为老师的丘比特……"

"我又没有求美纳帮我介绍对象！"

"老师……你生气了吗？"

"没有！不，我可能就是在生气。我真的不想发火，但是这种情况，我是不是该生气了？我就算再喜欢忍让，是不是也有发火的资格？"

美纳用力拽住优子的胳膊，不想让她离开。

优子一下子甩开了美纳的手。此时，夜灯初上，泛着绿光的路灯，照在了美纳的脸上。优子看到美纳的面庞，心脏"啪"地骤停了一秒。在夏日祭的自行车棚，遇到美纳的时候，也是这样的面庞。可是，眼前的美纳，大概是出于紧张，平日的稚气竟消逝了几分。取而代之的是，双目、口唇的轮廓，还有睫毛的每一根，都显得鲜明而清晰。第一次，优子第一次觉得，美纳是一个不折不扣的美人。她的美，不只停留于观者的眼中，似乎还有一种看不见摸不着的东西，深深浸润到对方的心灵，直至最深处。美纳娇小的鼻头下面，浮着一层浅浅的汗纱。每一毫米的肌肤，都散发着微微的光晕。

优子怔怔盯着美纳。这个女孩如此美好、如此青春，她曾经是自己的学生，十年如一日，倾慕着曾经的自己。这个世界上，有数不清的无奈与伤感，自己想要保护她，不被这些无奈与伤感侵袭。如果可以，无论何时，无论何地，自己都想要把她据为己有，对她加倍珍惜——一种灰暗的欲望，竟在优子的心中熊熊燃起，大脑中，充满了滚烫的血液。优子想要不顾一切，用自己的整个身体，用所有的力气，把美纳紧紧抱在怀中。

"我还想过，其实可以和美纳一起去夏威夷。"

美纳没有回答。

她的表情仿佛石化，眼睛也一眨不眨。

此刻，一阵摩托车的轰鸣响起，仿佛是冷冷的癫笑，打破了两人间的沉默，回荡在高远的夜空。

美纳畏缩着不断后退，优子的双手，伸向了美纳的身体。

"美纳，我们一起……"

"一起喝一杯去啊——！"

粗暴的喊声响起的一刹那，优子感到腰部受到了一股非同寻常的巨大冲击。等到恢复意识的时候，优子发现，自己已经被撞飞到柏油路上。

优子呻吟着，张开了双眼。那个穿连体工装的同学，趴在地上。他的身边倒着一个形似蝗虫一样的巨大的黑影。

周围的路人聚集过来，从挎包里滚出来的法式原味甜甜圈不知被谁踩得粉碎。"老师！你在说什么？那不是蝗虫，是摩托车！怎么办？！我的老师被摩托车撞倒了！老师你痛不痛？！你没事吧？！"

优子的视野开始泛白，逐渐变得模糊不清。她最后看到的，是向远处狂奔的美纳的背影。

最终，奖券和观光导览送给了詹妮。

优子唯一担心的是詹妮的国籍，会不会导致她前往夏威夷的旅行手续太过繁琐。到工作室送东西的是优子的母亲。听母亲说，詹妮开心极了，泪流满面。

"天上掉下来的夏威夷啊，就这么……"

优子的右腿打上了石膏，被固定在病床的软垫上。她的脖子和腰上，都围了一圈硬质护具。尽管如此，翻身的时候，优子的整个上半身，还是会隐隐作痛。

"受伤的事，你怎么不跟我说？要不是洗衣店的店员告诉我，这辈子我都蒙在鼓里了。"

"……"

"你母亲我呀，要不是腰不好，也想去看看呀，我也想去夏威夷啊。"

"……"

"你这人呀，从小就是，每次抽奖都是'谢谢惠顾'。没想到呀，这次竟然是夏威夷……"

"中了奖才这么倒霉的吧。"

"啊？什么？"

"就因为中了夏威夷，我才住院的吧。"

"真是的，有几个人能中一回特等奖啊……我说你呀，把一辈子的好运，都用光啦。"

"没事的，我觉得这样挺好。"

优子不再看着母亲，转脸望向窗外。

医院的窗外是停车场，停车场对面的建筑物看起来像是一所学校。学校的操场上，短衣短裤的学生们正在沿着跑道跑步。一阵下课铃，足以勾起优子往日的回忆。一旁的游泳池里，没有一个人。一池清水，碧波粼粼。

"那里是小学？初中？高中？"

"是小学啊。"

"我想回学校。"

"你呀，只要想回去，什么时候都回得去的。"

母亲的眼睛里，和夫人的小猎犬一样，满溢着一种十分相近的、似曾相识的东西。

优子在医院住了将近一个月。这段时间里，她用带进来的笔记本电脑，找到了一个面试机会。那是一所私立小学的代课教师，小学坐落在邻县。出院以后，可以脱离拐杖下地的时候，优子就动身去参加了面试。那时，她的脖子上和腰上还围着护具。收到录用通知后，优子立刻往旅行箱里装好行李，再一次静静地离开了故乡，离开了这座生养她的小镇。大约是可以取下护具的时候，一个邮包寄到了母亲那里。得到女儿的允许后，母亲打开了邮包。里面有一盒椰子饼干，一件木槿花图案的T恤，还有一张明信片。明信片的照片上，是一位草裙舞的舞者。背面是歪歪扭扭的一行文字，写的是感谢的字句。明信片上，还用曲别针附着一张照片。一望无际的蓝蓝的天空下，威基基海滩上，身穿比基尼的詹妮坐在那里。她的身边，是笑容灿烂的美纳，她穿的是蓝蓝的、蓝蓝的泳衣。

龙
年

"不讲究礼数怎么行？"

母亲的话音未落，正从包装盒里夹起豆腐吃的大姐就停下了筷子：

"又说这个？"

母亲拿起勺子，用力插进大碗里山一样高的蛋炒饭，回答道：

"就说这个。"

"怎么就和礼数扯上关系了？只是去医院探望病人而已。"

"越是这种时候，才越要显出我们家的礼数。"

"怎么什么事最后都要归结到礼数？社区开会，别人的婚宴，大家唱卡拉OK……你真的是见缝插针，哪里都能塞得进礼数！那到底是个什么东西？"

"人生在世，难不成你觉得一个人就能活下去？这个世界到处都是人，哪里没有个人情世故？"

"其实你自己也嫌麻烦，不想管这些事。只不过要给自己找个理由激励自己，才老提礼数的吧？"

"那不是，妈就是想给自己打打气而已。"

"不就是要找个理由激励自己吗？"

"那可不是一回事！"

围绕礼数的纷争，看来还要持续一段时间。与此同时，三姐妹中的二姐的两个女儿又起了冲突。起因是煎火腿，两个孩子碗里的大小不一样。四岁的这个刚要哭，三岁的那个也跟着哭出了声。最终，双方的冲突上升到了拳脚相加的地步。就连塑料小筷子都滚落到了榻榻米上。

母亲和大姐忙着吵架，二姐只顾着看电视，不时斥责两句哇哇大哭的孩子们。所以，谁也没有注意到一声不吭的三妹，她早已吃完碗里的饭菜。

上个星期刚刚过完十七岁生日的阿梢不愿引起任何人的注意，径自拿起空碗和筷子，来到厨房，放进了洗碗池里。之后，她又悄无声息地上到二楼，回了自己的房间。说是自己的房间，其实是和大姐共处的两人间。阿梢踩过大姐那乱七八糟从不收拾的床铺，躺到了角落里自己的单人床上。楼下传来的五个女人的声音把她们各自的性格展露得淋漓尽致，她们的声音仿佛是永远无法调对波段的收音机，嗞嗞哇哇……中途，还掺杂进了口琴声。

人，为什么要吵架呢？阿梢仰面望着天花板，发了一会呆。然而，楼下的声音总是让自己心神不宁，无法进入到最心仪的神游状态。没办法，她只好翻开了枕畔的漫画版《源氏物语》。

阿梢在女校上学，全班女生眼下都很痴迷这部漫画。

上周的古文课上，老师开始讲《源氏物语》。于是，几个女生就从妈妈或姐姐那里翻出这部老古董，带到了学校供大家传看。明明一共有三套漫画在传阅，可漫画的第一卷左等右等也不来。刚好储物箱上有人放了一本第三卷，趁着还没人发现，阿梢索性抢了过来。

漫画第三卷的故事，刚好和古文课的进度相同，都是"葵"篇。开头画的正是举行贺茂祭的时候，葵姬和六条御息所两边的下人们，因为停放牛车的位置而起了争执的那一段。之后又发生了种种事情，直到源氏将紫姬占为己有，这部分情节，阿梢都已经看过了。阿梢躺在床上，端详着一幅占了整页的画面——贺茂祭上，两家的下人们正在打斗的场景。就连漫画里的人们也在争吵。阿梢仔细研究起了画面的细节，她发现牛车的车轮特别大。漆黑的车轮看起来跟上面装人的车厢差不多大，或者还要更大一些。拉车的牛，当然也在画面里。不只是牛，一旁还画着马。为什么是牛车，而不是马车呢？要是像欧洲的马车那样让马在前面拉着，跑起来岂不是会更轻快么……阿梢本来还有些莫名其妙，但是转念一想，马的前蹄立起来太吓人了，果然还是牛车省心。

阿梢把漫画扣在枕旁，用 iPhone 搜索起了牛车。原来，从紫式部那个时代开始，直到千年以后的今天，世界上有过种类繁多的牛车。阿梢搜索了牛车的图片，一眼就喜欢上了其中的一驾。图中拉车的两头黑牛，头上是回旋镖般锋利的双角，面部也显得格外威严。阿梢下滑着手机屏幕，沉浸在无穷无尽的牛车之中。就在这时，门"吮"的一声被撞开了。三岁的千寿明明刚才还在楼下哭，眨眼间就发着怪声冲了进来。紧接着，做姐姐的阿忍也挥着小拳头追了过来。这时，隔壁传来了二姐阿茜怒斥孩子们的喊声："阿忍！千寿！到这儿来！"不知二姐什么时候也来到了二楼。两个孩子在床上上蹿下跳，阿梢抓起外甥女们的小手，一声不吭地送到了隔壁的二姐身旁。之后，她又躺回床上，兀自看起了牛车的图片。

真的没想到，世界上竟然有这么多种牛车。越往下看，阿梢越觉得心情有些莫名的沉重。阿梢想坐牛车，她想坐上牛拉的车去全世界旅行。她想被牛拉着，到一处渺无人踪、静默无声却风景独美的地方。

每天早上，拉着阿梢去学校的并不是牛，而是大姐阿爱。

阿梢出门的时候，母亲既要做出全家的早餐，又要做好上班的准备，忙得团团转。阿茜也在忙着打扮要去保育园的女儿们，她的老公大辅还在呼呼大睡。五年前，父亲只身一人去枥木县工作了，和家人一直两地分居。实际上，阿梢可以坐公交车去学校。但哪怕是去程，她也想把路费节省下来。阿爱在驾校做兼职，开车上下班，于是就由她每天把阿梢送到学校附近。

尽管在驾校工作，阿爱的驾驶技术却名不符实。不能说大姐是牛，但她开的车的确像牛车一样慢吞吞的。不过，大姐也不是哪里都慢，明明该停车的地方，她偶尔会不踩刹车。总之，大姐常常会被其他车的司机按喇叭。

"妈妈竟然说，让咱们也要讲礼数。"

开着开着车，阿爱开口说道。

"嗯？后来的结论就是这个么？"

前一晚，阿梢没有等大姐回屋，沉浸在牛车图片中的她，不觉进入了梦乡。

"对，就是这个结论。"

"我们几个，也要讲礼数？"

"貌似要讲的。"

"有礼数可讲吗？"

"貌似是有的。"

这一次，母亲真的动了气，硬要让阿梢她们几个讲礼数。原来，对方是母亲的亲弟弟博己和他的妻子。

母亲有一位姑母，相当于阿梢外祖父的姐姐，上了年纪，但膝下无儿无女。大约两年前，这位姑母的生活开始需要有人照料。在这件事情上，母亲和舅父的想法有了些许分歧，结果导致姐弟两人产生了嫌隙。自那以后，裂痕一直未能修复。婚丧嫁娶一类不得不联络的事情，都是由下面的妹妹由美枝充当协调人。由美枝姨母上周打来电话，跟母亲说博己舅父的妻子麻由子的肝脏上长了一个小肿瘤，已经住进了东京的医院，正在等待手术。按照母亲的说法，她并非原谅了自己的弟弟。但对于弟媳麻由子来说，手术可是一件大事。既然如此，就不应该在一旁说风凉话。这种时候，姐弟间的私怨就应该放置一边，讲好一家人该讲究的礼数，包一个红包，一家老小一同前去探望，才算不失体统。

"小梢快要出生的时候，不知道是宫缩早产还是什么缘故，医生嘱咐妈妈必须静养。麻由子舅母还特地从东京赶来，在咱们家又是洗衣服又是做饭。所以说，咱们家到底还是欠舅母一个人情啊。"

说起这件事情，阿梢之前倒是也从母亲那里听到过。自从母亲和博己舅父不再往来，就没有再见过麻由子舅母。整体来说，母亲家的亲戚们都很固执，动不动就爱发脾气。和他们一比，麻由子舅母就要显得沉稳得多，性格也格外温和。所以，当阿梢听说这位舅母生了病，心里自然就有些放不下。

"礼数不礼数什么的倒是无所谓，我本来就想去医院探病。我嘛，还是挺喜欢舅母的。"

"哦，好吧。"

"全家都要去吗？阿忍她俩也去？"

"阿忍她们也要去。还有由美枝姨母。不过呢，爸爸和大辅倒是不用去。"

"爸爸竟然不用去。"

"说是周六工厂要开运动会。妈妈照例骂了他一通。"

"爸爸竟然会参加比赛。"

"是接力，几个人练了好一段时间。爸爸说不参赛说不过去，他肯定也要照顾到他那边的人情世故。"

"我都没见过爸爸赛跑的样子。"

"我也没见过。"

"不用去给他加油吗?"

"不用吧，不用管他。哎呀，我本来计划得挺好，周六去给头发修修发梢。诶，你瞧! 我这发梢都干成什么样子了，回家了给我剪剪分叉吧。"

一边说着，阿爱的一只手就离开了方向盘，把发带束着的长马尾，一下子送到了阿梢的面前。

接下来的时间，两个人都不再说话。每天早上，车上大抵如此，姐妹都一声不吭，思索着各自的心事。

不过，来到一个路口，遇上了红灯，阿爱停下车后又开了口。过了这个信号灯，下一个路口就是阿梢平时下车的地方了。

"听说是在新桥的医院哦。"

阿梢的心脏，停跳了一拍。新桥……提起新桥，可以搜索到的回忆，只有一个。

"哦。"阿梢故作镇静地应承了一声，但在她的心里，早已经开始翻江倒海。

"大家商量探完病，一起去银座喝下午茶。要是觉得累了，说不定我就先回家了。"

信号灯由红转绿，阿爱慢吞吞地起步，开到了阿梢每天下车的路口。恰好赶上红灯，阿爱稍稍压过停车线，阿梢刚要下车，信号灯却又一下子变成了绿色。后面远处一辆黑色的三厢轿车，正在飞驰靠近，"滴——"一声长长的刺耳的喇叭声，瞬间传了过来。

　　阿爱面不改色，等阿梢重新关好副驾驶的车门，又慢吞吞、晃悠悠地开了出去……

　　早上，大姐在车里说的话，留下了回响。阿梢人在学校，直到放学，脑子里装的却都是大姐的前夫。

　　他的全名已经忘记了，只记得大家叫他俊明。俊明在银行工作，银行的地点正是新桥。第一节课是生物课，望着黑板上画着的草履虫的细胞结构图，阿梢又久违地回忆起了俊明姐夫。转念间，她又觉得有些难堪，因为回忆起姐夫，竟是因为看到了草履虫。实际上，对于阿梢来说，对姐夫的回忆，每天至少都要有上一次。

　　五年前，大姐第一次把自己的未婚夫带回了家。见到俊明，阿梢的第一个念头就是大姐好厉害。准确地说，应该是大姐阿爱的未婚夫好厉害。不过，能和这么厉害的人结婚，大姐也是个不简单的人。俊明姐夫个子高高的，鼻梁很挺，是个标准的美男子。他戴着一副无框眼镜，领带打得笔直，据说东大毕业后进了银行，绝对是无可挑剔的社会精英了。俊明不作声的时候，眼角也会有些鱼尾纹。尽管五官英气逼人，但发际线却稍稍有些高。因此，他和大姐看起来像是一对老夫少妻。其实呢，他们只相差一岁。

俊明姐夫性格内向，做事认真，即使亲戚们都聚在一处，他也很少说上只言片语。他只是坐在房间的角落里，和同样觉得这种场面心累的大姐一起，局促地坐着，像个不知所措的孩子一样。偶尔，会有醉醺醺的亲戚主动跟这对小夫妻搭句话。这个时候，阿爱只会有两种反应，一种是爱答不理地草草应付一句，另一种就是假装没有听到。俊明则每次都会客客气气地回答，语言也是十分严谨。于是，周围便会传来阵阵类似"看看人家东大的才子""东大呢"的反响。这些声音，有些是赞美，有些是调侃。听到这些，俊明姐夫往往会变得面红耳赤，弓起身子，看起来更像个犯了错误的小孩子。

不喜欢社交，真的是让人觉得可怜……第四节课是体育课。操场四周是整齐的悬铃木，在跑道上跑步的阿梢不由自主地这样想着。大姐和二姐比阿梢要大很多，每当她们拿自己寻开心的时候，阿梢总是支支吾吾，不知该说些什么反击才好。想到腼腆的俊明姐夫和自己是同一类人，那时的她，不禁感到和姐夫有些同病相怜了。

有一次，也是亲朋好友共聚一堂，大概是母亲的那位姑母葬礼之后的席间，或是别的什么聚会的时候，发生了一件事情。关于小夫妻为什么还没怀上孩子，某个亲戚信口开了句玩笑，说得着实露骨，品位也的确不高。和往常一样，俊明姐夫还是认认真真地回答了。可是，罕见的是，他显得有些激动，声音高亢，不合时宜地讲了一通大道理。所有亲戚一下子变得鸦雀无声，只剩下尴尬的空气弥漫在人群之中。就在这时，一个女人小声嘟囔了一句，"东大毕业的都聪明过头了，太无聊了"。阿梢听到，气得快要炸了。那阵子，初中三年级的阿梢完完全全把认真而又不善言辞的俊明姐夫当作自己的同类，她义愤填膺，她暗暗发誓——既然你们都这么说，那我也要和姐夫一样考上东大给你们看！进了东大，我还要证明给你们看，聪明的人绝不会无聊！为此，阿梢修改了志愿。她原本要上家附近的高中，那里不费什么力气应该就可以进去。她决定考上邻市的重点女子高中，那所学校曾经也有人考入东京大学。

经过千辛万苦的努力，阿梢终于得偿所愿，进入了梦想的高中。可是，几乎在升学的同时，大姐和俊明姐夫离婚了。开始了高中生活以后，重点高中毕竟是重点高中，里面的学生当然一个个志存高远，阿梢的排名眼看着一天比一天降低。想到再也见不到俊明姐夫，阿梢的士气越发低落，放任自己渐渐变得随遇而安。考入东大的梦想，渐行渐远。

如果看到了今天这样无精打采的自己，相信俊明姐夫一定会失望吧。

午餐时间，阿梢和其他四个关系还不错的同学坐在了一起。她一边打开母亲为她做的便当，一边懊恼着眼下的自己。

下了第六节的数学课，阿梢立刻乘公交车回了家。刚进家门，阿梢就换下制服裙，换上毛衣和牛仔裤，又离开家，来到了附近一条小河的河堤上散步。无论是下雨还是刮风，阿梢都一定会来这里走走。她喜欢在这里散步，喜欢看看活蹦乱跳的小狗，喜欢看蚱蜢横穿过眼前的水泥小路，喜欢看和她一样独自在这里缓步而行的老人们。

平常日子，阿梢总会来这里一边在河堤上散步，一边想起俊明姐夫。今天一早就想到了姐夫，因而与平时相比，阿梢脑海中姐夫的面孔，似乎清晰了许多。阿梢对于姐夫的眷念，早上的时候，她还只是幻想姐夫如今在新桥上班的模样，或是怀念在曾经的某个日子，姐夫说过的某一句话，做过的某一个动作。经过一整天的发酵，大脑已经任由这种情绪信马由缰——难不成趁这次去新桥探病，大姐打算去见俊明姐夫？身为前妻妹妹的我，是不是也可以名正言顺地去见姐夫一面？

阿梢驻足，扭头向街区望去。晚霞映照下，葱田和群屋都显得孤零零的，仿佛那里从未有过生老病死，从未有过衣食住行。看起来那么模糊，那么深远。转回头，十一月的冷风跨过河面，迎面吹来。阿梢意识到，河堤上散步的人们，都穿着冬天的厚衣服。就连那些蹦蹦跳跳的小狗，身上也都或多或少套着些什么。阿梢只穿了一件毛衣，的确有些冷，但此刻让她介意的，是嘴唇上的一丝干裂。

差不多该回去了，阿梢刚刚迈开步子，手机就收到了来自琉奈的视频。琉奈和阿梢是从小到大的玩伴，视频是琉奈自拍的，眼睛被她修得大大圆圆的，活脱脱是只仓鼠。琉奈最喜欢的就是用美颜APP拍这些视频。在面包房打工的休息时间里，她会接二连三地拍好后发给阿梢。琉奈的脸，今天变成兔子，明天变成考拉，有时是外星人，有时又是蒙娜丽莎。这回和视频一起发来的，还有一句话，"一会我能去你家玩吗?"。"好呀"，阿梢给琉奈回复了信息。

从河堤下来的坡道上，阿梢戴好毛线贝雷帽，把下半张脸深深埋进厚厚的围脖里。这时，她和一位手扶手推车的老婆婆擦肩而过。她不知道老婆婆的名字，但在这附近，已经见过了几次。阿梢微微低头致意，老婆婆也同样点了点头。阿梢不禁想，和琉奈一起玩当然很开心，不过呢，偶尔也能和这样的老婆婆一起聊聊天就好了。在一个岁月静好的地方，慢悠悠地聊上很久很久。即使不能聊聊天，只是默默地、一声不吭地在一起坐上半天也好。

有些时候，阿梢恍惚觉得自己就是一个七十岁的老婆婆。只不过，从十七岁到七十岁之间的记忆，都已经消失得无影无踪了。

半小时后，琉奈骑着电动自行车，来到了三木元家门前。

要是葵姬和六条御息所看到竟然有这么方便的交通工具，两个人都会大吃一惊吧。阿梢在楼上透过玻璃看到下面的琉奈时忽然想到了古人。

阿梢暗自打算，一会要给琉奈看看保存在相册里的牛车图片。她刚要到玄关去迎琉奈，就看到阿忍和千寿两个小家伙摇摇晃晃地从楼梯上走了下来。

"小梢！你帮我看着千寿嘘嘘！"

二姐在楼上大喊，阿梢只好跟着两个孩子去了洗手间，看着她们洗了手。之后，她又去了玄关，发现琉奈的小皮鞋已经摆在了鞋柜上。阿梢回到自己的房间，琉奈早已经盘腿稳坐在大姐散乱的被褥上。

"梢梢的家，太昭和了吧！"每次来家里，琉奈都会这么说一句，"不过呢，人多踏实，我是很羡慕的。"

琉奈的家里，只住着她和她的爸爸妈妈。不用说，琉奈必然有独属于自己的房间。不只是琉奈家，大多数班里同学的状况都差不多。为什么只有我家，会住着这么多人呢？阿梢想不通。首要的原因，就是二姐阿茜一家四口都在二楼起居。当然，他们要攒够钱才能买房子。话虽如此，他们为什么不住在姐夫家，而要住在女方家呢？阿梢更想不通了。

"直到睡着为止，都要和某个人同处，你不会觉得很心累吗？"

为了让制服的格子裙显得更短一些，琉奈在腰间把上沿卷了几折，下摆露出了她丰腴的大腿。一个月没见，阿梢觉得琉奈的妆容更成熟了一些。琉奈的肤色很白，鼻头微微上翘，像是被谁捏了起来。她的五官和艾丽·范宁有一点点相似。

　　"我觉得吧，睡着了的话，房间里有一个人还是两个人，没什么差别，"阿梢一屁股坐在了自己的床上，接着说道，"大姐呢，时不时就会自言自语。隔壁的二姐呢，天天都和姐夫吵架。阿忍她俩呢，一会大哭一会大叫。这些我都早就习惯了。就是最近我妈开始吹口琴了，这个真的受不了。"

　　"真的不得了，梢梢家跟海螺小姐家差不多了，我真的没怎么见过。"

　　"好想养一只小玉那样的猫咪呀，狗狗也行。"

　　"不让养吗？"

　　"我妈说小动物死的时候会受不了。"

　　"人不是也会死嘛。"

　　当然会死……话还没有说出口，阿梢想到了住在医院的麻由子舅母。她觉得不该说一些不吉利的话，于是把想说的话又咽了回去。不如给琉奈看看牛车的图片好了，想到这里，阿梢拿起了扔在枕旁的 iPhone。这时，琉奈突然问道："谁生病了？"

　　琉奈的视线前方是墙上的挂历。在星期六那一栏，原

本是大姐写的"美发"，上面打了个叉，下面新写上了
"探病"。

"是周六呀，要去医院看看亲戚，是我舅母。"

"梢梢也要去吗？"

"嗯，除了我爸爸还有二姐夫，其他人都要去。"

"哪家医院呀？"

"东京的医院……在新桥……"

"东京？！"

"够远吧？"阿梢话音未落，琉奈又睁圆了眼睛，惊讶
地重复了一声："东京？！"

看到琉奈的反应，阿梢突然想起来，她们两个很久很
久以前，曾经约好要一起去涩谷购物，结果拖拖拉拉拖到
了今天也没能成行。想到这些，阿梢突然觉得有些对不起
琉奈。

"这样的话，那就求梢梢帮我个忙吧。"

琉奈一下子跳到了床上，对着阿梢神秘地一笑。

"帮什么？"

"想让你帮我去看一个人哦。"

接着，琉奈解释了前因后果。但她说的让阿梢连连感
到意外，一时间竟然没有完全理解。总之，琉奈希望阿梢
去看的这个人，其实是一个在网上认识的男人。

听琉奈说，一个月之前，她是在相亲网站上认识的这
个男人，这段时间，他们几乎每天都要网聊。相亲网站据

说是比较正规的，一起打工的一个二十八岁的姐姐也注册了。琉奈伪造了一个身份注册，装成了已经年满二十岁的女大学生。

一直听琉奈说面包房很忙，阿梢完全没有想到才一个月没见，琉奈竟然痴迷于这么危险的游戏，不禁又惊又怕。从上小学开始，在社会课上，还有放暑假前，学校都会大张旗鼓地宣传和匿名网友聊天的可怕之处，因此在心里留下了巨大的阴影。为什么琉奈可以轻描淡写就摆脱了这个阴影呢？阿梢感到不可思议。

"注册的人，都是以结婚为前提交往的，网站也是正经网站，肯定不会有想睡女孩子的坏人。"

"琉奈想找人结婚吗？"

"人家才不想。"

"那……那你怎么还聊？"

"面包房的姐姐被一个人骗了，还宣传说是正经的网站。所以呢，我打算惩罚惩罚坏人。"

"什么？你要去找那个骗子？"

"那个人骗了姐姐的钱，睡过之后，竟然就把姐姐拉黑了！我要教训一下这个骗子的同类。"

阿梢还是搞不懂琉奈的逻辑，但看琉奈的样子，似乎是陷入自己的计划已经无法自拔了。

"我注册之后，超多人跟我打招呼。我只是看看，没有回复，不过好有趣。打招呼的人里面，这个家伙看起来最可疑。"

"琉奈……前几天，我妈和我姐她们看《警察二十四小时》，貌似现在有很多网警，会抓你去说教的。"

"梢梢在担心什么呀？我呢，可没有笨到被抓到。好啦好啦，你快看这个，就是这家伙。"

琉奈把手机屏对着阿梢，琉奈贴近仔细看了看那个男人的照片。看起来像个正经人，感觉不是那种随随便便的男人。不仅如此，男人给人的印象是诚实开朗，很像在大姐工作的驾校里的前台大哥哥。

"他多大呀？"

"个人资料里呢，嗯……写的应该是二十九岁。我觉得吧，这个肯定是假名字。就是这个，勇次。对了对了，我也不叫琉奈哦，我叫朱璃。我们是勇次和朱璃呢。"

琉奈向下滑动画面，给阿梢看了勇次的个人资料。突然，一行字射入阿梢的眼底，"一九八八年出生，属龙"，那一刻，她的胸口仿佛被洞穿。

"这个人……是龙年生的？"

"啥？"

"他不是写着自己属龙？"

"哦哦，真的是。好奇怪，干吗要写生肖呢？"

"是龙年哦！"

"的确的确，龙年怎么啦？"

阿梢的心脏加速跳动，俊明姐夫就是龙年生的，自己也是，只是小了一轮。这是自己和俊明姐夫之间的共同点。他们之间的共同点很少很少，这绝对无法忘掉，已经近乎于阿梢的信仰，不可动摇。

"我要去见这个人吗？"

"不是去见他，就是去看看他长什么样。我和他约好，周六在涩谷线下见面。可我一直犹豫，是远处看看他就溜走，还是压根就不去。不过呢，既然梢梢本来就要去东京，那就帮我去看看呗。去看病人的时候，就悄悄溜出去一会，应该没事的吧？最好呢，偷偷把这个憨憨的脸拍下来，我想和他发我的照片比比，肯定是两个人。"

"可……可这么做，然后呢？"

"没有什么然后呀。应该算是……对这些坏男人的一种小小的复仇吧？不过是放鸽子而已，就算是个可可爱爱的小惩罚吧。真的见了面，会很危险的。就是想让他们尝尝愿望落空的滋味嘛。这样做呢，也是学校无法教给我们的社会实践的一部分哦。"

"可是，这个人要是认真的该怎么办呢？那个……就是……他要是真的用心在找对象呢？"

"才认识一个星期，就天天跟我说想见面想见面，绝对不是什么走心的人，就是想玩玩而已。"

琏奈的iPhone是上个月刚刚新换的，粉红色，大尺寸。她二话不说，就开始查从新桥到涩谷的乘车线路。不一会，她就查到乘坐地铁银座线的话，只有两站地，仅仅十三分钟就可以抵达，于是又一个人开心了起来。"这样的话，我就约憨憨在银座线的检票机外见面，梢梢都省得出站了。而且呢，要是有什么突发状况，一个在里边，一个在外边，车站还有工作人员……"就这样，还没等阿梢反应过来，琉奈已经为她定好了计划。等到阿梢犹豫该怎么拒绝的时候，琉奈已经舞动手指给勇次发去了信息。

聊完这个话题后，琉奈在床上翻了个身，把手机画面横了过来，对阿梢说："接下来，咱们该上家庭实践课啦。"不久前，大约也是从面包房的姐姐那里学来的，琉奈在手机里下载了性爱视频，当作是学校无法教到的实践课之一，开始在这个房间和阿梢一起学习。

阿梢还没有和男生交往过，无论是接吻的经验，还是更高级的经验，都是零。阿梢本来觉得琉奈和自己差不多，但是看她今天的状态，已经不敢断言了。班里的同学中，也有几个女孩和男友已经做了该做的事情。阿梢远远听到她们几个讨论过一次，"过后呀，那里好痛，都走不了路了……"这几句话过于冲击，传到耳朵里的时候，阿梢不禁瑟瑟发抖。

男人进入女人的体内，这些基本信息，在保健课上是学过的。尽管视频打着马赛克，也可以看得明明白白。

今天，阿梢和琉奈依然是一人一边耳机，伴随着视频上的实践演练，耳机里传来忽高忽低的各种声音。女人的那里是这个形状，所以痛的才会是女人吧？我们女生要是自始至终都痛得要这样喊出来，男生会不会觉得很烦，叫我们闭嘴呢？想到这里，阿梢的心头罩上了一层阴云。来例假的时候，胸部又胀又痛，小肚子也觉得沉甸甸的，还有将来生宝宝的时候，应该也会很疼，这些大概都还是可以忍耐的。不过，要是……要是男人和女人那里的形状调换一下的话，女人就不会受这么多罪了吧？还可以穿自己想穿的衣服，在自己喜欢的地方，在自己喜欢的时间，想要走多少路就可以走多少，不用担心痛得走不了路了。

阿梢迷迷糊糊地胡思乱想着，不知不觉，视频结束了。一直皱着眉头紧紧盯着画面的琉奈长长地出了一口气，关掉手机屏后，胡乱翻起了放在枕畔的《源氏物语》。对了！阿梢忽然想起来，还要和琉奈分享牛车的图片。这时，琉奈却丢下漫画，站起身说道："差不多我就回去咯。"

临走之前，琉奈又嘱咐了阿梢几句。周六当天，琉奈事先约好穿白色的裙子去见面，因此，白裙子是绝不能穿的。

"白裙子就是标记，梢梢，你可一定一定不能穿白色裙子哦，可不要被憨憨发现！"

星期六早上十点，三木元家的女人们像是串在一起的团子，一股脑上了上野东京线轻轨。银色的轻轨车身上，横贯着蓝色和橙色的两条横线。

母亲都已经计划好了。这趟电车中途会转为东海道线，她们无需换乘，就可以直接坐到新桥。到了新桥，也并非直接去医院探病，而是先去预约好的餐厅午餐，午餐后再乘一百日元的社区公交去医院。

到了大宫站的时候，由美枝姨母也上车和她们几个会合了。姨母穿的衬衫是浅色的，上面的花纹线条也并不分明，外面是一件藏青色的大衣，脖子上围了一条丝巾。除了衬衫和丝巾的颜色不同，其他的地方，母亲和由美枝姨母的打扮几乎如出一辙，像是事先商量好的一样。姨母上来之前，从座位的一侧开始，依次坐着二姐阿茜、阿忍、千寿、阿梢、母亲和大姐阿爱。阿梢和母亲之间，空了不到一个人的小空当。姨母见状，就硬挤了进来，刚一塞下，就和母亲攀谈起了家常。看到一位陌生的中年女人突然登场，阿忍和千寿似乎有些不知所措。小姐妹本来还在打闹，却突然一动不动，各自捧起了带出来的《见习神仙秘密心灵》绘本，变得乖巧了许多。

一开始，母亲和姨母聊的还是博己舅父家的近况还有麻由子舅母的病情。后来，肝脏成为关键词，两个人话锋一转，从肝癌聊到了一家烧鸟店的美味烤鸡肝。然后又围绕美味展开讨论，聊到了一家店里的礼盒米饼很美味，礼盒还有名字，叫"米饼第一赞"。之后的话题，更是距离探病越来越远，终于聊到了怎么去除虾线。

"前几天呀，我买的虾特别大！一般不是都用牙签去虾线吗？把牙签插到那个虾的脑袋和躯干，就是那个……身子中间，一挑，脏东西不就嗖的一下子出来了吗？"

"对对，就出来了。"

"可是呀，我买的虾，实在是太大了！我就一直在那挑呀挑，就是挑不干净。长得不得了，真是吓了我一跳。挑出来一看，得有三个身子那么长。"

"天呐！"

"真的是吓到我了。人家不都说，要是把人的肠子抻直，不也是长得不得了吗？"

"妈！虾线可不是虾肠。"坐在一旁的大姐忍不住插了嘴。

"啥？不是肠子？那是什么？"

"我也不清楚，不过不是虾肠。"

"那就是虾的肠子！不是肠子还能是什么？"

阿梢一边听着大人们的家常话，一边时不时抱紧放在腿上的背包。阿梢的心脏怦怦跳，好像背包里装的是一枚炸弹似的。这种感觉，和小学时在洗手间偷偷往胳肢窝抹止汗剂时的心情有点相似。学校当然是禁止携带止汗剂的，阿梢还记得，那应该不是二姐阿茜借给她的，而是大姐阿爱。

和预期的分毫不差，轻轨准点驶入新桥站。接下来，还是按照母亲预先计划好的行程，一行人来到了车站附近的一家日式餐厅。母亲工作的地方，那里的社长夫人对东京了如指掌，母亲听了她的建议，综合考虑价格和地点后，最终决定在这里午餐。

出了车站，站前环岛的正对面有一栋楼，午餐的餐厅就在那栋楼的二层。在楼前的路口，几个人遇到了红灯。这时，阿爱开口对母亲说道："妈，不用买花吗？"

"嗯？买花？"

"我们去探病，带一束鲜花去才像个样子吧？"

"咱们不是带了红包？又不知道病房里有没有花瓶，就不用了吧。"

"早就不需要花瓶了，现在有那种用花篮装的花束，直接就可以放在桌子上。"

"这样呀。"

"刚才我看到了一家花店，要不……"

"花嘛……"母亲含含糊糊地在嘴里嘟囔，谁看了，都能看出她没有什么要买的意思。

如大姐所说，探望病人的时候，按理说应该是送花的吧。阿梢虽然也这样认为，但是她也没有过那么正式的经历，所谓的礼数，都是从影视剧和小说里面得来的。她又觉得，现实中的病人，最最需要的不是鲜花，而是现金。病人对于经济方面的渴求，在阿梢看来才是更符合现实的。于是，她没有吭声。实际上，姨母和二姐也都默不作声，没有替大姐说话。就连阿忍和千寿两个，似乎也都在用一种不可思议的表情望着阿爱。

"算了，我掏钱买就好了。我马上回来，你们先进去吧。"

"真是，打肿脸充胖子。"

说完，母亲用鼻子哼了一声。这时，信号灯恰好变成了绿色，阿爱以外的六个人走过人行道以后，进了对面的楼。

餐厅的店员迎了出来，也没有问预约人的姓名，看到一行人中有小孩子后，转身就把她们引导到了临窗的榻榻米座位上。

母亲、由美枝姨母和阿梢坐在了条形桌子的内侧，外侧是阿茜和两个孩子。孩子们坐得靠边，一会阿爱来了，就只能坐在阿茜的身边。那可不太妙……阿梢心里嘀咕，但是，大家都已经坐定，不好再调换座位了。

大姐和二姐水火不容的历史，已经持续了七年。

起因是一块鸡里脊肉的天妇罗。一天晚饭，大盘子里只剩下了一块。这是阿爱和阿茜两个最爱吃的东西，姐妹两个都埋怨是对方吃掉了最后这块，两个又都辩解说自己没吃，于是演变成了一场激战。自那以后，姐妹之间就再也没有过对话。一块鸡肉天妇罗而已，两个人为什么都要寸步不让呢？当时的阿梢还是小学生，连她都觉得实在难以置信。吃掉最后一块鸡肉天妇罗的，其实是阿梢。她要是当时就坦白了，也不会有后来的事情了。但是，当时她看到大姐和二姐已经吵得歇斯底里，就无论如何也没能把实情说出来。自那以后，正如母亲和博己舅父需要由美枝姨母协调才能沟通一样，两个姐姐之间无法避免对话的时候，小阿梢就成为了传声筒，奔波于两个姐姐之间。阿梢传递的最后一句话，是大姐阿爱的。"我已经没印象吃没吃了，可能因为那时候找工作太辛苦，又累得不行。说不定，最后一块的确是我吃的。"二姐听了，陷入了沉思，之后只对阿梢说了一句你去玩吧，没有让妹妹带话给大姐。再之后没多久，大姐就和东大的精英结婚，从家里搬了出去。三年后，阿爱离婚后回到家里，两个人依然没有相互开过一次口。阿梢和两个姐姐的关系都还算不错。话虽如此，她却一直感到一种强烈的距离感，难以摆脱。那还是阿梢很小的时候，两个姐姐觉得无聊，就来逗她。她们阴沉着脸对阿梢说："小梢和我们之间，本来其实还有一个姐姐哦，你要是也不乖……"阿梢被吓得哇哇大哭。直到今天，那个"其实还有"的三姐，好像依旧挡在阿梢和两个姐姐之间，令她如鲠在喉。

三个大人和两个孩子都想好了要点什么，只有阿梢还在磨磨蹭蹭地翻弄着菜单，不知选哪个好。这时候，大姐阿爱回来了，手上提着一个巨大的纸袋。

"哎哟，买了一个这么大的？"说完，母亲隔着餐桌，向纸袋里瞄了瞄，接着问道："花了多少钱？"

"五千日元。"

"五千日元！"

"我也有我的礼数。"

阿爱说完，上了榻榻米，突然发现阿梢那边已经没有了空位。于是，她二话不说就坐到了阿茜身旁。阿梢把菜单横放，打算和对面的大姐一起看。不期然间，她看到了纸袋里大朵大朵盛放的粉色花冠。

"我要狐狸乌冬面套餐。"

大姐想都没想就点好了，弄得阿梢也不禁觉得选起来好麻烦，索性点了和大姐一样的套餐。大家都点好菜，店员还没有送来的时候，阿茜忽然对女儿们说："我们去嘘嘘一下吧。"说完，就带着两个孩子去了洗手间。回来的时候，阿茜让孩子们挨着阿爱坐在了中间，自己则坐在了另一侧。这一连串的动作，可能并非是有意为之，只是出于自然。但是，阿梢看在眼里，两个姐姐间的这种有意无意的敬而远之，总是让她感到内心苦闷。还有像是刚刚在路口，大姐一个人和母亲意见相左的时候，二姐每次都必然保持沉默，站在母亲一边。

"前几天，我和工作室的同事一起去星巴克的时候呀……"

母亲有一段日子没有见到由美枝姨母，久别重逢，显得很兴奋。从坐轻轨的时候，话匣子就一直关不上了。难怪，母亲平时和阿梢她们说什么，孩子们没有一个会认真听。

"……我点了一杯冰美式，结果端出来的咖啡，甜得要命。我都觉得是不是放了半杯糖浆啊，就赶紧让他们换了一杯。"

"天呐！竟然还有这种事情。"

由美枝姨母睁大了双眼，表情是从心底着实吃了一惊。

"星巴克的咖啡呀，不是在店里做的，都是在工厂里提前做好的。有含糖的，还有无糖的，店员呀，错给我上成含糖的啦。"

"怎么可能？"给母亲泼冷水的，依旧是阿爱，"吧台的后面，不是摆着那么大一台咖啡机吗？咖啡就是用那个现做的，冷却之后就是冰美式了。"

"不是不是，你不懂。要是现做的，不可能做出那么齁甜齁甜的怪东西。肯定是不知道从哪里批发的，就是那种装在纸盒子里的咖啡，卖的时候就往杯子里一倒。"

"您说话小点声，星巴克该告您名誉损害了。"

餐桌上的气氛，渐渐变得暗潮涌动。关键时刻，料理上来了。

这顿午餐，注定无法静心享用。阿忍和千寿两个吃儿童乌冬面套餐的时候，还都是老老实实的。可是，当她们觉得小肚子已经吃饱的那一刻，就把乌冬揪短，开始在餐桌上作画。薯条上插着的小彩旗，也转眼就成了她们相互投掷的标枪。"不要浪费粮食！""乖乖吃饭！"起初，阿茜还会斥责两句。没过多久，她也放弃抵抗，听之任之了。餐桌对面的外婆和姨婆接过了阿茜未竟的重任，如出一辙的两张笑脸，连哄带骗地劝着两个小姑娘，想要让她们端庄一些。一旁的阿爱一副事不关己的表情，不发一言地嗫着乌冬面。

说实话，阿梢也想像两个姐姐一样，对眼前的一切不闻不问，自顾自安心吃面。但她终于还是抵挡不住旁边两位中年妇女的感染力，开始摆摆奇怪的表情，唱唱歌，想要逗两个小姑娘温顺一些。逗着逗着，阿梢猛然意识到，两个姐姐，两个外甥女，母亲和姨母，除去自己以后，她们原来是三对姐妹。

当然，阿梢也明白，其中一对姐妹，就是自己的亲姐姐。但是两个姐姐当初阴沉沉的恐吓，直到今天依然奏效。这种时候，总会让阿梢觉得自己是个多余的人。即使全家人在一起，她的心底，也感觉像是一个人行走在河堤上。

饭后，几个人一边喝茶一边闲谈，在榻榻米上又磨蹭了将近三十分钟。社区公交还有十分钟抵达的时候，才离开了餐厅。

开来的公交小小的，上面没有一个乘客。可以并排坐下的，只有最后一排座位。阿茜带着两个女儿，还有母亲，一起坐了上去。其他的三个人，都分散坐在了单人座位上。

公交车的空调动力十足，车厢内暖暖的。午餐吃得很饱，阿梢感到牛仔裤的腰带有一点勒。没过多久，她就开始有些昏昏欲睡了。阿爱大姐的座位离驾驶席最近，坐定以后，她就一直怔怔望着窗外。这里是新桥。看上去，尽管大姐没有要去找前姐夫重逢的意图，但是她的心里一定在想着俊明姐夫。望着大姐的背影，阿梢的心里有些难受。要是问大姐是不是在想前姐夫，她肯定会否认的。话说回来，这种问题绝没有人会主动去问吧。要是自己的话，有一天来到了一个地方，这里是曾经和自己走进婚礼殿堂的男人工作的地方，自己又怎么会丝毫不惦念起对方呢？这一点毋庸置疑。

"龙年出生的人，运势都很强哦。"

俊明姐夫对阿梢说过的这句话，一直萦绕在阿梢的脑海中，从未消散过。说过这句话以后，没过多久，大姐就和俊明姐夫离婚了。

"所以呢，小梢也是，姐夫也是，我们都要坚持哦。"

一天晚上，大家一起晚餐的时候，阿梢向所有人宣布，自己要考上东大，大家听了顷刻间哄堂大笑。那一天，孤身在外的父亲回乡省亲。于是阿爱大姐也和姐夫一起，回家探望父亲。看到大家的反应，阿梢羞得满脸通红。这种强烈的羞愧，并非是因为在父亲面前，不如说，是因为俊明姐夫在场。在临走前，趁大家不注意，俊明姐夫来到阿梢身边，对她小声说了要坚持的那句话，鼓励她继续加油。

如今回想起来，不禁觉得有些奇怪。俊明姐夫这个人，对生肖似乎特别在意。作为大姐的未婚夫，三木元全家第一次邀请他来家里做客的时候，家里人按照年龄，从小到大进行了自我介绍。当时，阿梢刚刚说完自己的年龄，俊明姐夫就马上反应道："小妹妹是属龙的吧？"接着，他又说了一句"我也是属龙的"。之后，阿梢注意听大姐和姐夫的对话，总是能听到姐夫把生肖挂在嘴边。"那位是属虎的吧？""龙年生的一般都是这样。""不会吧，他是属什么的？"每当俊明姐夫提到这些，婚前的大姐总会笑呵呵地怼俊明姐夫："哎呀，俊俊说话怎么像个上年纪的老婆婆呀。"说话的时候，大姐的表情满是爱意。婚后过了一年，大姐的态度变得冷冰冰的，开始敷衍得很明显。"你能不能别老提生肖？"一旁的阿梢反而觉得，生肖好有意思。她还偷偷地做了所有家人和亲戚的生肖一览，在亲戚聚会地前一天晚上，都会熟背下来。为的是无论俊明姐夫问起谁的生肖，自己都能马上回答出来。

　　曾经有过一次，阿梢鼓足勇气，问了俊明姐夫一个问题。"为什么那么喜欢生肖呢？"俊明姐夫听了，腼腆地笑了笑，回答道："我从小和奶奶一起生活，因为奶奶这个人，非常在意别人的生肖。"这个答案，又让阿梢雀跃不止。因为，阿梢小的时候，也是一直在奶奶的身边。她又找到了一个和俊明姐夫相同的地方。还是在那次葬礼后聚餐时，拿小夫妻生孩子的事情开了个下流玩笑的亲戚，是一位属猴的表舅。之后，阿梢告诉俊明姐夫，"那个表舅是猴年生的哦。"俊明姐夫听后，无奈地笑了笑说："怪不得……"或许，俊明姐夫的这个嗜好，正是导致他的婚姻走向尽头的缘由之一。

也正是因为如此，琉奈在网上认识的那个、自己很快就要拜见尊容的男人，尽管好友断定他是个渣男，但阿梢却感觉他是真的想要结婚才找对象的淳厚的人。或者说，阿梢从看到他的个人资料的那一刻开始，就猜测，这个人莫非就是俊明姐夫？因为，又有谁会特意写上自己"属龙"呢？和大姐离婚以后，俊明姐夫大概在寻找新的归宿吧。他那么不善社交，很有可能不好意思用自己的照片在网上寻求一段缘分。

上眼皮越来越沉，阿梢强忍着袭来的睡意。她用力睁大了眼睛，定定地望着新桥的街道。

星期六的写字楼群，行人格外稀少。公交车缓慢行驶在楼宇之间的大道上，不知道拐过了多少个大同小异的街角。过了一段时间，公交车语音终于播报到了"医院前"站，阿忍和千寿两个争着抢着按响了下车提示铃。

麻由子舅母住的医院是一家非常气派的大学附属医院，医院里有好几栋建筑。

母亲一马当先，刚发现探病专用通道，就大摇大摆地从前台闯了进去。

"喂！妈！是不是要在前台登记？"

阿爱本来走在最后面，慌忙一路小跑追上了母亲，一把抓住了她的胳膊。"不用了吧"，母亲一下子甩掉大姐的手，嚷嚷嚷地兀自向前走了。阿梢很怕前台的护士过来拦下她们，一边频频回头，一边跟着大家。幸好，一直都没有人追来。

楼道里都是身穿睡衣的患者。她们大多浏览着贴在墙壁上的花花绿绿的海报。患者中也有和阿梢年纪相仿的女孩。不只是女孩们，成年女性和上了年纪的老婆婆也都穿着睡衣。尽管阿梢很清楚，这幅情景就是医院的日常，但是看到这么多女人毫不避讳地为他人展示着自己的睡衣形象，她还是感受到了一种难以言表的惶恐。

"在十四层，上了十四层，博己应该就在电梯口等着我们。"

大家乘坐直梯来到了十四层，正面是护士站，左手边是绿植环绕的会客区，会客区的视野极好，透过巨大的玻璃窗，可以饱览脚下鳞次栉比的东京街景。远处有高耸的东京塔，近处有红透的枫树包围着的神社，还有摩肩接踵的高层建筑群。与在河堤上俯瞰的住宅区不同，眼前的风景并没有那份朦胧，时值晚秋，长空如洗，这里鲜明而喧闹，目光所及之地，一切都欣欣向荣。

回过神来，怎么不见博己舅父？母亲的计划，到目前为止还是百无一疏。但是，此时找不到关键人物，似乎是计划以外的事情。

"诶？怎么没在这里等着，去哪儿了？"

"大姐别急，我打电话问问。"

姨母给舅父打去了电话。原来，博己舅父刚刚离开调布的家，还没有到医院。姨母挂断电话，跟母亲说了原委后，母亲怒不可遏。

"他怎么不早点来？！太过分了！见面时间不是事先都说好了么？我们就算不来，谁也挑不着什么理，可一家老小还是从乡下大老远跑来了！"

"他说还有一个小时就到了，让我们先等等。"

"一个小时？让我们在这傻等着吗？！阿忍她俩肯定会等得不耐烦的。赶紧把钱交给麻由子，咱们这就回去！"

"那也太不好了，"大姐阿爱总是在这种时候涉险登场，她接着说，"来这里又不是只为了送钱，而且怎么能就直接扔给病人呢？咱们家要讲礼数的话，不是应该跟舅舅讲，要见到他才行吗？"

"这种时候，还用得着讲什么礼数？我们也都有自己的安排啊！"

"大姐，咱们也没什么着急的事情，一个小时还好，要不咱们在这里等等吧。"

"怎么没有着急的事情？由美枝不是要去三越百货吗？我们也想去银座喝下午茶，要在这里磨蹭一个小时，回去得多晚了？"

是走是留，三个女人开始争论不休。此时，阿茜牵着阿忍和千寿的小手，来到了会客区巨大的玻璃窗前。不只是这一次，本就寡言的阿茜，只要看到大姐阿爱开始发

87

言，就绝对不会参与到那场对话之中。可以的话，阿梢也很想和阿茜母女一起眺望东京的风景。但是，母亲她们讨论的结果于她太过重要，绝不能漏过。如母亲所说，因为阿梢也有自己的小安排。

琉奈和勇次约好的见面时间是下午两点整，时间一分一秒过去，只剩下不到一个小时了。今天从家里出发前，阿梢有意无意地问母亲，要在医院坐多长时间。母亲的回答是一点见面，一到三十分钟就告辞。貌似看望病人的时候不能叨扰太久，这算是一种礼貌。阿梢想象着，要是生病住院的人是自己，这七八个女人坐在自己面前，三十分钟都可能会变得漫长。不过，要是这么安排的话，就正好可以去赴两点的约了。于是，她又怯怯地跟母亲说，琉奈托自己买样东西，离开医院以后，能不能一个人去一趟涩谷。在小女儿面前，母亲感受到了统治者的尊严，简简单单地回了一句："想去就去吧。"

可是，眼下，计划在一步步错位。如果在这里苦苦等上一个小时，等到博己舅父来了，就无法去涩谷看到勇次的脸了。而这张脸或许就是俊明姐夫，这种可能并非为零。相反，如果不再等下去，现在就离开医院的话，两点之前可以随处消磨消磨时间，母亲她们去银座的时候，就可以去涩谷了。

阿梢一个人上演着激烈的内心戏。一旁的大人们似乎已经吵得累了，于是决定坐下来喝些饮料，再商量商量下一步要何去何从。磨蹭磨蹭着，时间流逝，来到十四层后，已经过去了十多分钟。

母亲和姨母两个人去自动售货机随便挑了些饮料，一共是七瓶。大家按人数搬来椅子，围在会客区的圆桌旁，开始挑选自己想喝的饮料。最先抢走饮料的是阿忍和千寿，最后剩下的两瓶是爽健美茶和大麦茶。阿梢选了爽健美茶，打开后抿了一口。

"喂，阿爱，你喝这个。"

母亲说完，把剩下的那瓶大麦茶推到了大姐的面前。

"我不想喝。"

"不想喝也得喝。买都买了，喝吧。"

"不喝。"

"现在不喝的话，你就自己带回去。"

"我不带，谁替我喝了吧。"

大姐问完，周围的人没有一个出声，显得出奇安静。

"你看看，这瓶大麦茶注定是你的，过会渴的时候喝不就好了。"

"不用了！我可不想拎着。小梢，你喝掉它。"

"小梢不是正喝着自己的那瓶吗？"

"可我都说我不想喝了啊！"

"要说你倒是在人家买之前说啊！"

母亲说完，大姐一把抓起大麦茶，甩掉瓶盖，把饮料一口气喝了个精光。

唉……感觉越来越不妙了。接下来，这种感觉会不会越来越强烈呢……圆桌旁弥漫着令人窒息的空气，阿梢感觉大脑变得越发恍惚。过了一会，母亲的一声叹息打破了沉默，终于，她又开始一个人打开话匣子。

"这个博己啊，从很早就是这个样子，对时间就没有概念，迟到了也不觉得有什么。他小时候啊，有多少次让我们像今天这样等他？就因为他，多少次，我们赶不上新干线，赶不上公交车，赶不上飞机啊！还不只是这些啊，就连我结婚，他也敢迟到！由美枝啊，是不是你的婚礼他也迟到啦？就他这种迟到大王，偏偏他自己娶媳妇的时候，就不迟到啦！说到底啊，他就是没把我们姐俩放在眼里啊！"母亲在憋着一肚子气的时候，说出的话就会带有这种节奏感，这是她独有的。

"真的是！什么时候都是越是要命的事情，他越是虎头蛇尾！脑子里只有自己，姑母葬礼那天不也是……"

"博己舅舅也是不愿意迟到的吧？"这个时候插嘴的，当然是阿爱，"说不定是遇到了什么变故，才来晚了的呢。"

"哪个白痴这种时候还会为那么自私的人着想啊？你是不是脑子糊涂了？"

"处境好的一方忍忍不就过去了？"

"那我可忍不了！照你说的，谁忍耐谁就吃大亏了。"

"又不是在说谁吃亏谁占便宜！您的礼数道义跑到哪

里去了？！"

"你跟你妈说话不要像个黑社会一样！"

"妈你才是黑社会好不好？！"

这时候，后面突然嘭地响起一个低沉的声音。大家扭头一看，原来是阿忍和千寿两姐妹，把两根细细的小胳膊同时伸到了血压仪的圆套子里。"别乱碰！"阿茜扑了过去，一口气把两个小胳膊一起拔了出来，按下了停止键。果然，两个小孩子坐在那里太无聊，就过去探险了。紧接着，小姐妹又甩开她们母亲的手，一边嗷嗷地发着奇怪的声音，一边开始在会客区绕圈圈跑了起来。

"不要吵！不许乱跑！"阿茜逮捕了两个小姑娘，把她们按到了沙发上。尽管如此，小孩子还是坐不住。一个不注意，妹妹千寿就从环绕会客区的绿植中间钻了出去，姐姐阿忍也不甘落后，在后面紧追。阿茜也跟着追了上去，抓住两只小手，又带了回来。可是，刚一放手，两个孩子又走上了不归路，穿过绿植后，往楼道那边跑去了。这一次，阿茜也不追了，只是低声哼了一句："跑丢了别想让我找你们！"一直在注视警匪剧的阿梢看了二姐一眼，和二姐的眼神对视的那一刻，就听她说："帮我看着点她俩哈。"二姐说完，也没有回圆桌这边，一个人走到窗边的沙发上坐下，开始玩起了手机。

没有办法，阿梢只好站起身，走出了会客区。很快，在楼道的深处，就看到了摆出"大"字倒在地板上的千

91

寿。一旁的阿忍含着手指，愣愣地站在那里。阿梢慌忙跑了过去，一把抱起了哇哇大哭的千寿，另一只手拉起了显得局促不安的阿忍的小手。她刚要转身带孩子们回到会客区，目光忽然扫到面前病房的名牌上，赫然写着"须永麻由子"。

会客区那边，隐隐传来的三个女人争论不休的声音，依旧没完没了。

"小忍忍，可以帮小姨打开这扇门吗？"

跟牵着小手的阿忍说了以后，她很听话地推开了病房的门。

病房里有四张病床，左手近前的床上没有人，靠里侧的床用挂帘遮挡着。右手近前的床上，躺着一位头发雪白的老奶奶。里面靠窗的床上，躺着的女人身上插了很多点滴的管子。阿梢觉得，麻由子舅母应该就是里侧靠窗的那两张床中的一位。她带着两个孩子，静悄悄地走到窗边。阿梢既没看过舅母没有化妆的样子，也没有看到过躺着的舅母，所以很难断定眼前的人就一定是。不过，感觉上没有拉上挂帘的右侧的这位，八成就是舅母了。阿梢靠近床头，墙上的卡片上，果然写着舅母的名字。

阿梢放下怀里的小千寿，又把阿忍也拉到面前，小声对小姐俩嘱咐："是麻由子婆婆哦，是妈妈的舅舅的妻子，也是外婆的弟弟的妻子。婆婆不舒服，可不能吵醒她哦。"

孩子们貌似第一次看到住院的病人，脸上的表情有些怯生生的，她们怔怔地盯着麻由子婆婆的脸。阿梢忽然想起，盯着睡着的人一直看，似乎不太礼貌。但她看到一旁挂着的四个点滴瓶，还有舅母微微泛着暗青色的面庞，还是暗暗在心底为舅母鼓着劲，"舅母，你要加油啊！"。舅母没有化妆，眼前的脸比印象中的脸要显得衰老一些。可是，又似乎比实际年龄要显得年轻一些。不管怎样阿梢并不清楚手术结果是好是坏，要是此刻舅母突然睁开眼，她都不知道该如何问候。

"舅母，要恢复健康呀！"阿梢轻声送过祝福，又领着两个孩子，蹑手蹑脚地离开了病房。在楼道上，刚一放手，阿忍和千寿就一溜烟跑到了会客区的圆桌旁，和大人们一起，举着饮料瓶大口大口喝了起来。

阿梢站在绿植的后面，绿植格挡着会客区与楼道，她望着圆桌旁的家人们——有就礼数和个人安排争论不休的，有心不在焉地玩着手机的，有鼓着小脸喝果汁的——每一个人都在自己的世界之中梦游着。

阿梢向后退了一步，她等了等，看看有没有人会注意到自己。接着，五步……十步……没有人在意她。巨大的玻璃窗对面，东京的楼宇群在祥和的秋日映射下闪着光。

阿梢一个人乘上电梯，溜出了医院。

开往地铁新桥站的社区公交车，刚好就停在车站上，阿梢快步跳了上去。司机还是来的时候的那一位。时间是一点三十五分，两点差不多勉强可以赶到涩谷。

　　来到新桥站，循着银座线的橙色标识，阿梢来到了微暗的地下。七拐八拐之后，总算来到了银座线的进站口。没有和家人打招呼就独自行动，这是第一次。不过，攻占阿梢大脑的，却是接下来有可能要发生在自己身上的事情。还有一件事，阿梢也百思不得其解。如果从新桥去银座，要坐银座线，这是可以理解的。可为什么从新桥去涩谷，也要坐银座线呢？搞不懂。银座线不应该是要去银座的人坐的地铁吗？

　　阿梢环顾四周，周围满是成年人。无论是站着的，还是坐着的，所有人都一丝不苟地盯着自己的智能机。尽管是星期六，身着西装的男人还是不在少数。其中有几个，打扮竟然和俊明姐夫如出一辙，让阿梢不禁心跳不止。不过话说回来，今天是周六，俊明姐夫工作的银行是休息的。尽管有些迟钝，阿梢总算是意识到了这一点。这样想的话，过一会将要在涩谷看到的男人，和俊明姐夫的形象越发重合了。

　　如果真能见到姐夫，我要和他说什么呢？过得怎么样？还在银行工作吗？这一类……大概只能问这些吧。姐夫又会对我说些什么呢？一定会惊掉下巴吧。在没有见过面的这两年里，自己长高了三厘米，体重也增加了不少。虽然发型没有变，却在琉奈的劝说下，今年开始化起了淡妆。姐姐们也说过，小梢的样子变了。当然，今天也化了妆。所以呢，俊明姐夫会不会看不出眼前的人是那个小梢？让姐夫蒙在鼓里也好，去见他的，就是朱璃。那样的话……俊明姐夫和朱璃见面后，今天会不会……会不会就要家庭实践呢？姐夫和大姐，说不定没怎么实践过。但是朱璃对生肖那么了解，俊明姐夫会不会和朱璃聊得投缘，突然就发展到家庭实践那一步呢？

　　阿梢意识到，自己的想法有些疯狂了。于是，她用力闭上了眼睛。此刻，自己的身体，似乎比身后的背包更像一枚炸弹。好在闭上眼睛以后，似乎变得稍稍冷静了一些，那种事情，怎么会发生呢？可是，头脑逐渐冷静，阿梢反而更加觉得，东京的地铁里，既然有这么多和俊明姐夫如出一辙的男人，那在涩谷的检票机等着自己的人如果真的是姐夫，也不是什么奇怪的事情了。睁开眼睛的那一刻，阿梢自觉变得更加冷静，更加沉稳了一些。她想，就算等着我的人不是俊明姐夫，那又怎么样？只要是和俊明姐夫差不多的男人，不就可以么？如果琉奈想要惩罚和报复的男人，只是和抛弃那位姐姐的渣男相仿的人，那么此刻的阿梢，她大约想把没有对俊明姐夫说过的话语，没有对俊明姐夫做过的事情，和一个与俊明姐夫相像的男人去说、去做。阿梢望着车厢里黑色的车窗，凝视着映在上面的自己的脸，她不清楚自己到底是冷静着，还是发疯了。同时，她的心底又有一丝自怨。要是自己的眼睛再大一些，身材再苗条一些，头发吹得再蓬松一些，该有多好。

地铁开到了涩谷站，车厢里的人都下了车，貌似这里就是终点站。阿梢从口袋里掏出 iPhone，正好是两点。没有母亲和姐姐的未接电话和短信，不过，琉奈的信息和视频恰好同时发到了。"他说他在开往浅草方向的出站口哦，你看到了吗？赶快向我汇报哈！"今天的视频里，琉奈的脸变成了独角兽的样子，头上有一根尖尖的角。虽然明白是浅草方向的出站口，不过找起来还是需要一些时间的。站内地图怎么看都看不懂，阿梢只好去问站在附近的工作人员。原来，那个出站口在对面的站台，要先从这一侧的检票机出去，才能绕到对面。工作人员解释了路线，阿梢一边拼命点头一边用心听着。可是，道完谢，刚迈开步子，一切记忆都清零了。阿梢只好随着人潮前行，停下来的时候，发现已经进了直接连通地铁的商场。看到洗手间的指示标识后，她稍微平静了一些，找到洗手间后，进了隔间。一会之后，阿梢绕来绕去，总算逃离了商场。然后，不知上上下下了几次台阶，来来回回了几次相同的路以后，阿梢终于发现了银座线的方向标识。这时候，已经将近两点十五分了。跟着箭头的指示，阿梢咚咚咚地在通向车站的楼梯上奔跑着。此时，她觉得自己的双腿和平时在河堤的草丛中散步的腿，已经截然不同。

　　走过这段台阶，找到台阶上面的站口后，一定会有很多很多的改变。在至今为止的人生之中，这一刻的行为是最最大胆的一次，也是最最冒险的一次。但是，此时的阿梢，心静如水。她只是感到，自己仿佛已经无法控制自己，像是正在被某种巨大的物体吞噬，已经放弃抵抗、无能为力了。玩火的人明明就是自己，自己却又感受不到一丝一毫的炙热，对事态不得要领，恍如置身事外。

检票口前有很多男人。有一个人呆站着的，有带着女伴的，也有聚在一起交头接耳的。阿梢觉得这些男人的视线似乎都一起向她扫视了过来。这时，一个声音响起：

"喂，小梢！"

阿梢回过头，面前的人，她认识。不是俊明姐夫，也不是照片上的男人。

"果然呀，我就觉得像小梢，还真的是。"

叫住阿梢的人，竟然是博己舅父。阿梢有些恍惚，不清楚眼前发生了什么情况。往后退了一步，不小心撞到了后面的来人。"小心！"博己舅父喊了一声，一把抓住阿梢的胳膊，拉到了自己跟前。

"抱歉抱歉，我来晚了。出门的时候遇到了一些事情，再加上地铁晚点，让你们等了好久！"

博己舅父穿着淡蓝色的长袖Polo衫，外面套的是一件藏青色的夹克。

听琉奈说，对方会穿一件蓝色的短大衣赴约。蓝色的短大衣和藏青色的夹克，的确有一些不同。不过……又找不到太多的不同。

"舅舅……那个……"

"哎呀，小梢！几年不见，已经完全长成大姑娘啦！"

博己舅父从头到脚一寸一寸打量着阿梢的身体，看起来对于阿梢的发育很是惊讶。说起来，和这位舅父也有两年没有见面了。阿梢愣愣地望着舅父的脸，她的眼睛有些发眩，眼珠似乎是被什么东西向内拽着一样，引起阵阵隐痛。

"你妈妈她们呢？回去了吗？"

"嗯？"

"小梢妈妈她们已经离开医院了吗？"

"呃……没，可能还在……"

"怎么回事？小梢是自己出来的吗？"

"嗯……算是……"

"要去涩谷买东西吗？"

"嗯……"

"这样啊。舅舅正好换乘，就先去医院咯。小梢妈妈是不是发火了？"

"呃……有点……"

"好吧，买东西注意安全呀，奇奇怪怪的家伙来搭讪的话，可不要跟去哦！"

博己舅父挥了挥手，刷西瓜卡后进了检票口。

目送舅父的背影进站后，阿梢战战兢兢地回过头，站在身后的所有男人，没有一个正在盯着她看。阿梢的视线所过之处，遇到了许许多多蓝色。从一旁擦肩而过的白发大叔，穿着蓝色的夹克。和一个年轻女人一起靠墙站立的小哥，戴着蓝色的帽子。一边打电话，一边朝这边走来的中年男人，穿着蓝色的裤子。站在检票口旁的安保人员，制服是一身蓝色。

猛地，阿梢像是在逃命一样，向检票口跑去。她又突然意识到手里没有地铁票，就往一旁的售票机硬币口用力扔下几枚硬币，慌忙取了票，就冲进去追舅父了。黄色车厢的地铁恰好刚刚驶入站台，"嗞"的一声打开了车门。

因为一路都只顾和舅父聊天，阿梢终于失去了换衣服的最好时机。从返回医院，到去银座喝下午茶，再到坐上开往笼原的上野东京线，阿梢都只能穿着白色的裙子。

刚回到医院的时候，二姐看到阿梢，马上皱着眉说："那不是我的吗？"大姐也不怀好意地笑着说："哟？去个涩谷，还要特意打扮打扮？"阿忍和千寿看样子没有见过白色的蓬蓬裙，纷纷用攥完软糖的黏糊糊的小手摆弄个不停。母亲只是提醒阿梢："单独行动之前，要先跟我说一声。"

实际上，阿梢很想换回从家里出发时穿的牛仔裤。不过，所有人都看到她穿裙子后，再去换的话，反而会让自己更被动。最后，只好把二姐的裙子一直穿回了家。在银座喝茶的时候，母亲当然会继续喷发针对博己舅父的怒火。可是，不知道是因为成功尽到了礼数，还是被麻由子舅母感谢的词句影响了发挥，与在医院时相比，声调明显下降了很多。听着母亲发牢骚的时候，阿梢一不留神，把红茶洒到了白裙子上。不幸的是，恰巧被眼尖的二姐看个正着。"你！这裙子是我最喜欢的啊！"这很罕见，二姐很少会对两个女儿以外的人真正发脾气。不只是阿梢，所有人都被吓到了，没有一个人敢吭一声。阿梢在红茶沙龙的洗手间用洗手液轻轻地揉搓，但茶渍还是没有洗掉。到家后，二姐的怒气还是没有消。没办法，阿梢只好拿出了所有攒下来的零用钱，把裙子送到了洗衣店处理。说实话，阿梢觉得，这笔罚款，应该由俊明姐夫缴纳。

第二天，想了解详情的琉奈早早就赶到了三木元家。

当她看到阿梢照的男人的照片，一瞬间大叫了出来："我的天！这叔叔也太老了！"接着又说了一句，"我就猜到"，然后狂笑了起来。阿梢看琉奈一边吃三越百货带回来的饼干，一边还在哈哈哈地狂笑不止，渐渐觉得这样做有些对不住博己舅父，于是吐露了实情。

其实这个人不是勇次，是自己的舅父，照片是在病房偷偷拍的。虽然遇到一些阻碍，的确去了涩谷，倒霉的是遇到了路过的舅父……阿梢解释得有些含含糊糊，琉奈听了，倒是显得不那么在意，只是应了一句："嘻，这么回事呀"，完全没有责备阿梢的意思。当然，阿梢没有说自己在商场的洗手间换了白色的裙子。还有，回到家里的晚上，阿梢放不下心，翻出了很久以前制作的亲戚生肖一览，找到了博己舅父。舅父并不是龙年生的，而是羊年

100

生的。

　　吃光饼干后，琉奈又像往常一样，躺倒在了床上。到了家庭实践课的上课时间了。

　　上课之前，阿梢觉得机会难得，于是给琉奈欣赏了自己每天一点一点收集在手机相册里的、自己喜爱的牛车的图片。

圣尼古拉斯日

路面电车左右交错的石路上，我在街角静静地等待着人行横道的信号灯变成绿色。

一辆电车从我面前驶过去后，从相反的方向，又会当啷当啷地回来一辆，红灯竟如此漫长。等待绿灯的行人在小道上渐渐排起了长队。往与返的电车间，也有人看准短暂的间隙，匆匆穿过了马路。我的身旁站着几个身材魁梧的中年男人，他们都戴着毛线帽，围着高高的围脖，整张脸几乎都看不到了。每当电车经过，他们都会摇摇头，发出沮丧的叹息："唉……唉……"

这时，其中的一个男人抬起手指了指人行横道的对面，示意同伴们往那里看。于是，其他几个男人朝他指的方向望去。我和其他的行人也随着看了过去。

所有人关注的是一家马路对面的餐厅，伸出店面的红色的招牌上，挂着一个铃铛。顷刻间，几位大叔热闹了起来。他们使用的大概是德语。发现餐厅的那一位头上是橙色的帽子，他一边给其他大叔看着手上的旅行指南，一边开始兴奋地讲解起了什么。

一辆铁锈色的电车驶过后，信号灯终于变成了绿色。

大叔们见状，三三两两地横着站成一排，一个挨一个地向对面那家餐厅走去。站在一旁的我感觉像是被排挤了一样。他们的人数比我的第一感觉要多一些，大约有十个吧。餐厅前放着一个长方形的小小的蓝色花箱，中间立着一块小黑板，上面用三种语言写着菜单。大叔们呼啦一下子团团围住了小黑板，不约而同地隔着玻璃往店里窥探。就连马路对面的鸽子都被吸引着飞了过来。便道本就不宽，被他们堵得落不下脚，没有办法，我只好下到机动车道，从餐厅前快步走了过去。

这家餐厅的午餐与今天的我已经渐行渐远。在等绿灯的时候，我比这群男人更早注意到了这里。当我看到店前摆放的那个小小的蓝色的花箱，那一刻我就已经确信，不会错，这里一定是一家超棒的馆子。店面不大，也不算狭窄得过分。我有一种强烈的预感，在这个小巧的店面里，一定可以沉静从容地享受美味。如果我比那群男人再早五分钟过了马路，就可以不用顾虑分毫，独自安闲地进去了。不巧，天不遂人愿。

我在街上犹豫着应该去哪家餐厅。不知不觉中，已经过了两点。

再这样下去，恐怕今天就要与午饭无缘了。今天，是在这座小城的最后一天。如果不填饱肚子，接下来的时间，就只能怀揣满满的负能量面对离别了。我在想，或许在地铁的小卖店买个面包、三明治一类的东西，在公园的长椅凑合一顿也不坏……最终，我坚决地击退了妥协的小心思，继续迈步前行。今天中午，我必须在一家像样的餐厅，饱餐一顿这个国家最地道的饭菜！因此，即使再累再饿，在找到一家让我一见钟情的餐厅之前，我都绝对不会停下脚步。

"别说这种傻话，咱们就在差不多的地方简单吃些东西就好嘛。"

如果美南子在这里，一定会这样劝我吧。不然的话，她可能会说："刚才那家不是不错吗？"然后拉着我往回走，或是默默地从行囊里掏出旅行指南……

一想到美南子，我总会不知不觉低下头。都怪这个习惯，我一定又错过了一两家感觉不错的餐厅。恍惚中我抬起头，发现前面的建筑物前浮出了一块小小的黑板，与刚才错过的那一块如此相仿。伸到便道上的红色招牌上，竟也挂着一串沐浴着阳光的铃铛。紧贴着墙壁的，同样是一个小小的蓝色花箱。我仿佛又回到了……不，一定是这家更加美妙的餐厅，一直在等我觅到它。这一次，我可绝不能拱手让人了，我加快了脚步。

小黑板上的菜单，用的是捷克语、德语和英语三种文字。因为是手写体，读起来着实有些费力。尽管如此，三个单词还是第一时间就映入了我的眼帘——"Traditional Czech Dishes"。菜单的一旁，有一个大大的绿色箭头。与刚刚那家不同，这一家并非紧邻着马路。也正因为如此，显得更加内敛一些。建筑的一层中央像是涵洞一样，贯穿着一条甬道。穿过涵洞，大约就可以走到建筑的天井广场。涵洞的右侧，一道楼梯通向地下。楼梯的墙壁上，也贴着一个与黑板上相同的绿色箭头。箭头的方向指着楼梯的下侧。店里的氛围会如何呢？对于这家店，貌似没法装成不经意的路人，偷偷窥探一下里面的样子了。说不定这里是小城的政治家们，经常聚会的高级会馆？又或者是相反的？是已经在当地居民的记忆中尘封许久的破败小店？

我望着楼梯的尽头，在门口踟蹰不前。这时，楼梯转折处的门，嘭的一声打开了，里面走出了一个中年男人，身前围着白色的围裙。

怎么办，和他的视线遭遇了。

尽管我的理智还未作出决策，我的手却反射性地举了起来，手背向外，握拳向上伸出了大拇指。男人点了点头，往下走去了。看样子，他似乎显得有些不耐烦。表示一个人的手势，对方应该是领会了。在捷克，用手指表示数字的时候，不是从食指，而是从大拇指开始数。这还是在出国的飞机上，美南子告诉我的。眼下应该是奏效了。

我跟在男人身后，下了楼梯。他没有扶着门等待客人的光临，关闭着的门也是绿色的，和那两个箭头相同。我打开门，店内仿佛停电一般，一片昏黑。我只能隐约看到，右手边陈设着类似柜台的东西。

"Dobrý den①."

我问候了一声，但听不到任何回音。吧台再往里，似乎还有一道门，门缝里洒落出一线灯光。

"Dobrý den"，我提高了声量，向那扇门走近。突然，门打开了，楼梯上看到的那个围着围裙的男人闪出了身。我对着他又一次伸了伸大拇指。

男人的身后是广漠而昏暗的餐厅，只有一盏壁灯漫射着幽光。餐厅的面积比我想象的要宽大许多。将近二十张大大小小的餐桌上，铺着雪白的桌布。男人没有领我去角落的两人桌，而是来到了最里面靠墙正中的六人桌旁。这张餐桌说它是整个餐厅里最好的位置也不为过。这里没有丝毫有谁刚刚用过餐的痕迹。男人那张臭脸仿佛在说，还要特意为这个客人开门，扰了自己的清闲。

话虽如此，当我坐在餐椅上，接过男人递来菜单的一瞬间，我的胸中满溢起了喜悦，一颗心也一下子安稳下来。因为菜品种类丰富，价格也容易接受。男人用长嘴火机点燃了餐桌上的蜡烛，就消失在一旁的晦暗中了。

我被一个人留在了餐桌旁，就着烛光，我又一次打量起这家餐厅的装潢。

两侧凹凸不平的墙面上涂抹的是灰浆。墙壁上挂着几幅画，有的是色彩朦胧的乡村风景，有的是教会的建

---

① 捷克语"你好"。

筑。壁炉的外框上方摆着一把小提琴，还有一幅男人的肖像画。男人留着胡须，或许是这个国家的某个音乐人，说不定是斯美塔那①，也可能是德沃夏克②。光亮几乎照不到对面的墙，我只能隐隐约约看到上面挂满了装在相框里的照片。为什么会有这么棒，让我感受到如此浓厚的传统气息的餐厅呢？菜品的价格也好，餐厅的氛围也好，这里正是我苦苦寻找的最为理想的餐厅。并且，这家餐厅今天迎接的第一位客人，很可能就是我。一种得意油然而生。

与外面的小黑板相同，菜单也是用捷克语、德语和英语写的。可是，我看了英语以后，除去匈牙利烩牛肉，其他的大多还是一头雾水。和美南子在一起的时候，什么都是听她的，顿顿都是烩牛肉。所以，在这里我很想尝尝其他美食，比如这个国家独有的，只有在这片土地才可以吃到的美食。

还是那个男人，来问我点什么。我先要了一瓶碳酸饮料。男人转身就取来了饮料和玻璃杯，然后势大力沉地开始往杯子里倒，泡沫瞬间跃动起来。他发现我在看着他，马上用冰冷的眼神还击，意思大概是你瞅啥。

等他倒完饮料，我用半生不熟的英语问他，店里的招牌菜是什么。于是，他想都没有想就伸出手指，对准了匈

---

① 捷克作曲家，出生于1824年。
② 捷克民族乐派作曲家，出生于1841年。

牙利烩牛肉。烩牛肉下面第三个的菜品里，我发现了一个认识的词"Porc"，食材应该是猪肉。我指了指，想让他介绍一下。男人见状，果然开始了他的讲解。不过，他的嘴里像是含着一块热腾腾的白薯，说起话来呜噜呜噜的。他说的是捷克语还是英语，连这一点我也没有搞明白。可是，他的讲解时间竟然不短，我竟然也大致猜测到，这道菜八成是烤猪肘。以前，我在《地球漫步 aruco》上看到过烤猪肘，书里介绍是捷克的传统美食。因此我大概知道是一道怎样的菜品。照片上是一个完完整整的肘子，烤制成茶褐色，像是一块陨铁，上面竖直插着一把餐叉。有一次，美南子看着烤猪肘的照片，曾经说过："只有这个东西，我会感到抗拒。"

我就要这个，我对侍者说。和肘子一起，我还点了一个菜单最前面的东西，看起来像是今日例汤。男人耸了耸肩，消失在一旁的黑影中去了。

不能比这里更令我心满意足了。我在口中感受着碳酸气泡的跳跃，再一次环顾四周。静谧，深邃，古朴，具备了世外桃源般的餐厅的所有气质。这家店，美南子也会中意，一定不会错的。

"为什么你刷牙会那么久？"

"为什么每天早上都要我叫你起床？"

"为什么你自己取来的面包最后还要剩下？"

"你把餐巾纸放在这里，是不用了，还是要继续用？"

"晾在这里，地毯不就湿了，这些还要我提醒吗？"

"明明什么都要依赖我，为什么你还那么矫情？"

踏破铁鞋才寻找到这样完美的一顿午餐，我的好心情，却在被早上美南子一句句扎心的话语一寸寸蚕食。

一切的开端是酒店房间的中央暖风。我把暖风的旋钮调到了最高档五档，这样房间可以更暖一些。而美南子却坚持定在三档，一步也不让。前一晚我妥协了，同意定在三档。今天去早餐之前，我偷偷又调回到了五档。回到房间的时候，被美南子发现了，她一下子生气了。开始我还嬉皮笑脸地和她周旋，没想到美南子越说越急。"你总是这样！"这几天……不，应该是我们相识以来的这十五年中积攒的怒火，都一起喷发了出来。我也不甘示弱，加倍以牙还牙。现在想想，还是有些内疚。我们两个争相用难以弥补的言语肆意攻击着对方。最终，我们彻底绝交了。

突然，我想到了刚才的那些大叔们。眼下，他们一定在那家店里有说有笑地大快朵颐吧。

说不定……刚刚那家店更适合我。看到满面愁云的我一个人孤零零地吃着饭，大叔们中的某个人会不会邀请我和他们一起进餐呢？——"难得出远门旅行，一个人多无聊？要不要来我们的桌子一起享受美餐？"

我又扫视了一遍墙上的画和壁炉上的小提琴，忽然发现，身后的灰浆墙面上，有一处凹陷进去的空间，貌似是餐具壁橱。隔着薄薄的玻璃门，可以看到里面的餐具应该价值不菲。我站起身，打算欣赏一下上面一层的餐具。没想到的是，在靠近天花板的墙面上，竟看到了小小的窟窿。定睛一看，这样的小窟窿还不止一个两个。无数个小小的坑洞布满了这一面墙的上半部分。我的心一下子沉入了谷底。就在今天上午，我碰巧经过了一座位于新城的教堂。教堂的地下就是海德里希英雄纪念博物馆。于是，我进去参观了一番。《地球漫步aruco》上也有所介绍，刺杀德国党卫队核心领导的敢死队队员们就曾在这里藏身。七百多个纳粹士兵包围了这座教堂。双方展开了激烈的枪战，最后，纳粹士兵往地下室灌满了水，敢死队队员全部死于非命。纪念馆的墙上挂着展板，介绍了几位捷克英雄的生平。最里面的墙上有一扇已经被冲击到变形的铁门，里面就是敢死队队员们当时死守的房间，还保持着原貌。房间正面的墙上，距离天花板很近的地方，横着一扇长方形的窗户。窗户的周围还有房间内铁门四周的墙上错落着不少弹孔，和此刻眼前密布的窟窿，形状竟一模一样。

阴影里走出了侍者，还有一个汤盘。

我坐回餐椅，把纸质的餐布铺在了大腿上。送来的汤是整体泛着绿色的蔬菜汤，上面撒着一些墨绿色的菜叶和肉屑。我用汤匙搅拌后尝了一口，和我想象的一样，是清淡的味道。纪念馆的展板上说，敢死队队员们在地下室坚守了不止一天两天，时间要长得多。那段时间里，敢死队队员们会用什么充饥呢？我很想和美南子探讨一下这个话

113

题，可惜，这里没有美南子。

没有人可以交谈，汤盘很快见底。

我甚至觉得，再续一份蔬菜汤，喝完后我就可以尽快离开这家餐厅了。我的肠胃功能并不好，一日三餐中，至少有一顿用这类富含营养的蔬菜汤解决就行。与我相反，从高中到现在，美南子的胃口都出奇的好。早中晚三餐，她吃的都同样多。遇到喜欢的美食，还会吃个不停。这一次的旅途中，除了三餐以外，她还要在上下午各塞进一段茶点时间。每进一家店，她一定都要点一份苹果馅卷饼大快朵颐。大概，美南子的胃是一种可拆卸式的装置。这样想来，其实性格还是其次，我们的体质首先就已经大相径庭。尽管我们从高中时代相识，已经是十五年的老友，但三天两晚的箱根旅行，一定就是我和她可以同处一室的极限时长了。说实话，如果哪个男人和这样一个既凉薄，心眼又坏的女人结婚，将来幸福的可能性几乎是没有的。我很想在那个男人感到不幸之前，就提前提醒他。"你想娶的这个女人，她的胃是可以拆卸的呢。不管吃多少，不管怎么吃，她都可以随时随地换一个新的胃哦，你真的打算今后和这样一个女孩子生活几十年，看她吃几十年吗？"

对着空盘子，我想着这十五年的回忆，内心五味杂陈。这时，一阵骨碌骨碌声响起，什么东西正在向我靠近过来。从昏暗处，侍者推着一辆银色的不锈钢的餐车走了出来，车上放着一个木制的海碗。餐车停在了我的餐桌与隔壁餐桌之间，接着，他蹲下身，固定住了餐车的滑轮。

这是操作用的案台？我怔怔地看着。男人站起身后，撤下我的汤盘。然后嘭的一下子把餐车上的大木碗砸在了我的面前。他的动作的确有些粗暴了。放下木碗后，他又消失了。木碗里盛满了山一样高的小小的叶子，桃心形状。我闻了闻，叶子散发着一种淡淡的清香，有些像迷迭香，大概是这里独有的香料吧。餐车的四角有四根立柱，立柱上环绕着铁丝，上面挂着小灯泡。餐车看起来其实更像一个迷你手术台。话说回来，手术台在这个时候出场，接下来不会是要在上面表演猪肘烧烤秀一类的东西吧……想到这里，我从挎包里掏出《地球漫步aruco》，想要确认一下。我翻到烤猪肘的介绍，在文字里寻找。可是，哪里也没写着会有现场表演这一环节。

可以的话，我只想尝尝现成的猪肘。预先烤制好后，装在盘子里端来就好。这时，侍者恰好回来，于是我指着餐车对他说：

"No. Thank you."

男人摆出一副深沉的表情，摇了摇头。他新拿来了一个筒状的容器，从里面取出长长的银色签子，开始在餐车的金属砧板上摆放。

事已至此，我只好集中精力投入到观众的角色中了。我把旅行指南收回到挎包里，一小口一小口地嗫着饮料，等男人做好表演前的准备工作。他摆放钢签的时候，聚精会神，动作很慢，花费了不少时间。

"说不定他要烤的……是我们哦。"

美南子也在的话，大概会这样调侃吧。刚想到这里，我的心脏一下子提了起来。前台旁的那扇门，不知道在什么时候被紧紧地关上了。并且，在这座地下餐厅，除了我和眼前的这个男人，就没有任何其他人了。后厨或许会有人在烹饪，但是至今为止，我没有听到任何来自第三者的声音。也就是说……这一刻，在这座难以逃脱的密室中，只有我和一个言语不通的男人。他的手上，还拿着足以成为凶器的钢签……如果发生了什么，一定永远都不会有人发现什么蛛丝马迹吧……

我一口气喝光了剩下的碳酸饮料。我是一个普普通通的游客，眼前的大叔也不过是一个餐厅员工，然后……这家餐厅恰好有烤猪肘这道菜——一切就是这么简单，我为什么要吓唬自己呢？我想深呼吸一下，平缓自己的心神。可是，刚一抬头，墙上的那些小窟窿又争相跳进了我的眼睛。看起来，那些越发像是弹孔。

男人蹲下身体，打开了餐车下方的抽屉，从里面掏出了两个巨大的马铃薯，还有一把刀身有三十厘米长的宰牛刀。

"Help！（英语）"

"Aider！（法语）"

"Socorro！（西班牙语）"

116

"救命啊！"

"Aiuto！（意大利语）"

"살려주!（韩语）"

"Hilfe！（德语）"

"Cứ Tôi！（越南语）"

高中时代，以防将来在出境游的时候需要用到，我和美南子一起背过世界各种语言的"救命啊"。这些词在我的大脑中疾驰着。那个时候，美南子一直坚持认为，无论去哪个国家，能用那个国家的语言大声喊出"救命啊"，要比说"你好"和"谢谢"一类的重要得多。

"捷克语的'救命啊'是'pomoc'哦！"

在来时的飞机上，美南子让我苦练了"pomoc"的发音。我不知练习了多少次以后，终于掌握了。

男人开始在我的面前用宰牛刀的刀背去除马铃薯的芽。

"pomoc""pomoc"以防万一，我开始在心中无数遍默念这个短短的发音，像是在念某种咒语。如果是两个人，念经的我顶多只是提供了一个开玩笑的话题。可是只有我一个人的时候，竟然会心慌到这种地步。"你嘟囔什么呢？怎么可能有这种事情？"我有多么希望，如此揶揄我的美南子此刻可以在我的身旁。

"猪肉吗?"我小心谨慎地开口问他，我很怕一不小心把这三个字说成"救命啊"。

我还从挎包里取出《地球漫步aruco》，给男人指了指猪肉菜品的照片。男人见了，用鼻子哼了一声。我能听出，他笑了。无论是用哪里笑出来的，这位侍者第一次对我露出了笑容。我的情绪也随之安稳了少许。然而，这安稳也是稍纵即逝的。男人放下了手上的宰牛刀和马铃薯，解开了白色的围裙，他开始脱里面的毛衣……

　　餐车上的钢签，还有巨大的马铃薯，仿佛突然带有某种隐喻，开始令我不寒而栗。无论怎样保守估计，男人的体重都至少要比我多二十公斤。尽管我的意识已经开始有些模糊，但我还是抓紧了餐桌的一角，尽量保持清醒。我的眼前浮现出一幅画面——两三天后，我的肢体已经残缺不全，使人不忍直视。在我的尸体旁，美南子哭成了泪人。

　　美南子，不要为我掉眼泪！如果我今天早上没有偷偷碰暖风旋钮……至少……如果我早上把装了满满一盘的面包吃光……如果我再早一分钟刷完牙……如果我不留着擤过鼻涕的纸巾以备什么时候再用……如果我们两个可以和往常一样开开心心地和平相处……如果我们没有吵架到绝交，该有多好！那样的话，今晚我们两个还可以一起饱餐一顿烩牛肉……我们可能已经一起找到了坐落在黄金小巷的卡夫卡曾经当作书房的水蓝色小房子……我们可能已经在查理大桥和圣弗朗西斯·泽维尔像合影……可是，这些事情一样都做不成了……这都怨我的懒散！怨我的坏脾气！美南子，没有一样是你的错！你快站起来，快把头抬起来，快快振作起来！美南子——

不知何时，我闭上了双眼。当我再次睁开眼睛的时候，发现那个男人已经换了一身黑色的光溜溜的紧身衣，腰上系着一根红色的带子，头上拴着一条发带，发带上顶着一对公牛一样的角。男人装扮停当，对着黑影的方向怒吼了一声，喊的应该是某个人的名字。果然，这里不是只有这个男人，里面应该还有他的同伴。随着怒吼，一个打扮成天使的中年女人出现在我的面前。头上金色的光环上，点缀着闪闪发光的小星星。白色的毛皮斗篷后面，插着两根正在翱翔的宽大翅膀。女人刚一露面，就对着男人吼了回去。时间在一分一秒流逝，两个人谁也不看谁，只是相互怒吼着。女人用手不断指着餐车上的钢签，不停地摇头。而男人一边叠着刚刚脱下来的毛衣，也是不停地摇头。我的双臂撑在餐桌上，本来双手交叉，捏着一把汗。但不知不觉中，双手已经下意识地变成了祷告的样子。

"你自己还能做得好什么？总是求这个求那个，你不觉得脸红吗？！"

今天早上，被美南子质问的时候，我还挺起胸膛骄傲地回怼她说："不觉得脸红呀。"现在想想，我为说出这句话的我感到羞愧难当。那一刻，我绝对绝对应该脸红的。我这个人，只会一味依赖周遭人对我的好，我的判断力如此糟糕，而我又只会任由我糟糕的直觉摆布，结果落得这个下场。如果时间可以倒转，我只想回到今天早上的酒店。我要把暖风的旋钮拧回到三档。或者向美南子承认自己的所有错误，和她重归于好，一起开开心心地度过旅行的最后一天。可……可是不能这么草率。这样做是不是有点太不公平了？美南子不是也有做得不好的地方么？我们一起从高中毕业，一起到东京上大学，一起进入商业银行工作，我们的人生如此相似，我们是多年的老友，我们的关系那么好，好到遇到挫折的时候，可以连续几天煲五个小时以上的电话粥。可她却把这么好的朋友，拉到这么远的异乡，贬低得一无是处之后，还把她一个人孤零零地留在酒店里……最过分的是，临走之前甩给我的最后一句话竟然是"我都替你脸红，你这个全日本最大的耻辱，全人类最不要脸的女人，我这辈子都不会再搭理你了"。她竟然说出那么过分的话！认识的这十五年里，一起合住过的旅行不过是三天两晚的箱根，她也不顾实际情况，就冒冒失失地拉我来捷克。还说什么大学的时候看了一部野外求生类的电影，叫什么《雏菊》，听都没听过！说起来，美南子的父亲好像是老家的扶轮社里有头有脸的人物。貌似以前听到过，扶轮社是一个全球规模的社团。

男人的手上又操起了宰牛刀，他和天使造型的女人站在餐车的两侧，面对面地僵持着，用我听不懂的话语说着什么。突然，女人像是已经失去了耐心，用力转身，朝后厨的方向悻悻走去，扬起的蓬蓬裙带起了一阵微风。微风过处，扬起了餐桌上香料的缕缕幽香。我放下双手，靠在了椅背上，望了望壁炉台上的肖像画。斯美塔那或是德沃夏克的那张脸，和压抑自己内心的悲愤时的美南子很是相像。

我转念想想，这些年，其实很多地方我都对不起美南子。向她借的书和唱片，最后都变成了我的。每次想和死缠烂打的前男友分手时，都是她帮我摆平。她要我出主意的时候，我都只会想到自己会怎样抉择，从没站在她的立场考虑过。一起坐新干线的时候，每次都是我坐在窗边，还把这当成是理所当然的事情。每次吃饭AA，除不开的时候，多出来的部分都会让她付……细细想来，这种事情，多得数都数不清。

我难为情地低下头，默默地看着地板。这时，砰地传来一声刺耳的响声。我吓得马上抬起了脸，发现前台后面的那扇门，猛地跑出来一个梳着低马尾的小女孩。小女孩的头上戴着一顶高高的厨师帽，帽子上贴着一个大大的十字架。身上是一件红艳艳的斗篷，镶着金边。小女孩的手里举着一根木杖，木杖的一头圆圆的、卷卷的，像是一个大蜗牛。小女孩的眼睛亮晶晶的，透着淡淡的海蓝色。她的另一只小手上，攥着一个银色的毛茸茸的东西。跑到我的餐桌旁，小女孩停下了脚步。她表情严肃地打开了那一团毛茸茸，很郑重地贴在了自己的脸上，原来是好大的一团假胡子。站在餐车后面的男人，一声不吭地向小女孩伸出了手。女孩摇了摇头。这个时候，后厨传来了"天使"的一声怒吼。她只好从斗篷里递出了一样东西，是一个绣着图案的小布口袋。男人把布口袋里的东西掏了出来，竟然是一台数码相机。

"乌斯姆！""乌斯姆！"

女人和女孩一边高喊，一边从两侧抓住我的胳膊，把我从椅子上架了起来。

男人把相机固定在了挂着小灯泡的立柱上，然后从餐车下面取出了一块薄薄的金属板，还有一块锐角三角形的长长的红布条。他迅速地用嘴叼着布条的锐角，手上托着巨大的马铃薯，一下子飞奔到我们三个身旁，把金属板塞到我的手上，摆好造型，然后把自己硕大的身躯塞到了女孩和墙壁中间的缝隙里去了。

"乌斯姆！普罗西姆！乌斯姆！"

随着叫声，餐车立柱上的相机指示灯，开始快速闪烁。紧接着，闪光灯一闪。然后"咔嚓"一响，电子快门干涩的声音，传遍了整个地下餐厅。

男人回到餐车旁，确认了相机的电子屏。他看着画面，嘟囔了一句什么，随后向这边点了点头。女孩和女人像是完成了什么使命，都长长地舒了一口气，就消失在了后面的昏暗中了。

男人拿掉嘴里的布条，在光溜溜的紧身衣上随随便便裹上围裙后，开始用宰牛刀切马铃薯。过了好久，他终于从餐车下面取出了一块肉，和切好的马铃薯块一起，嗞嗞嗞地在餐车的铁板上烧了起来。

　　男人用银色的钢签穿好肉和马铃薯，时不时看色泽，烧烤到了大约五分熟后，他把食材都摆放到盘子里，在肉块上直直地插上了一把细细的餐刀。最后，砰的一声，把盘子砸在我的面前，转身也消失到后厨了。

　　我的大脑还没有跟上这一切的节奏，懵懵地又起一块肉，放到了嘴里。表皮已经酥脆，里面还保持着恰当的弹性，太美味了。尝过第一口，我就已经停不下来。尽管肉块多得不同寻常，平常的我绝对吃不掉。但是此刻的我心无旁骛，把所有的烤肉都吃得干干净净。肉香似乎已经沁润到了胃的最深处，转眼间就已经肉去盘空。

　　过了一会，男人拿来了账单。他已经脱掉紧身衣，换回了衬衫和围裙的装扮。四百二十五克朗……比我预想的要便宜得多。昨天和美南子在老城区广场吃了烩牛肉，一个人付了七百多克朗。美南子觉得有点贵，我却说很便宜。最后，围绕给侍者多少小费，我们吵了嘴。

　　我给了男人一张五百克朗的纸币。他把找的钱和一张照片一起塞给了我。当然，在照片上，有三个打扮得奇奇怪怪的家伙，还有一个僵硬地举着金属牌、呆呆地看着镜头的我。金属牌子上有一行捷克语，牌子的下方写着今天的日期——5.12。[①]

"One hundred."

今天，这个男人第一次开口说了英语。看样子，他打算用一百克朗把照片卖给我。换算成日元，要四百五十块了。

"No, thank you." 我回答他。可是，他还是呜噜着说"One hundred. For your memory"，执拗把照片推了回来。他的指甲缝里，还残留着马铃薯皮。

最终，我花了一百五十克朗买下照片以及支付这一餐的小费。

我把照片放进挎包，穿好外套，刚要离开餐厅，男人却异常热情地频频指着前台对面的一面墙，要我过去看。原来，墙上装饰着许多张照片，每一张照片，画面都和我刚买的这张照片一样。被奇怪装扮的三人组围在中间的，应该都是餐厅的食客。客人们的手上，无一例外举着金属牌，上面无一例外地写着"5.12"。客人们有着不同的肤色，年龄也是千差万别。有的正在哈哈大笑，有的则是一脸不知所措。在每张照片上，客人们两侧的男人和女人似乎都没有什么变化。唯有那个金发的小女孩，每张照片上，个子都不一样。有的照片，她坐在客人的大腿上；有的照片，她正在角落哭鼻子；还有一张照片，小女孩大概刚刚出生

---

① 捷克语中时间表示格式为日期在前，月份在后。故5.12表示的是12月5日。

没有多久，还在天使的怀里抱着，那副卷毛大胡子，几乎遮住了她整张小脸。有些古早的照片，已经褪色很严重了。戴着假胡子、手上举着那根木杖的是一位老婆婆。

砰！又是一声巨响。我回头一看，一个穿着深褐色连衣裙的女人拎着铁锤和钉子缓缓地大步走来。看清她的脸以后，我才意识到就是刚才的那位天使。女人来到我的近前，什么都没有说，猛地开始把钉子楔到了墙上。然后，她在钉子上挂上了一个黑边相框，里面的照片和我买的一模一样。

天色已经渐暗。

我把手插进外套的口袋里，把里面的那块糖放到了嘴里。是美南子送我的糖。两个年轻的姑娘有说有笑地从街角走了过来。我叫住了她们，用蹩脚的英语问她们，今天是什么日子。她们想都没想，回答说是十二月五日。

我当然知道这个，我想问的并不是这个，而是十二月五日是不是什么特别的日子。

还没等我问出口，她们两个同时指向了远处的广场，那里也是许多路面电车的车站。那里有三个人，打扮得和在地下餐厅把我团团围住的三个完全一样。三个人排成一排，正在街道上蛇行。不对，不止那三个，还有几组、几十组相同装扮的人。

"Tomorrow is Nicolas Day."

两个姑娘说道。一刹那，来时的飞机上美南子说的话

125

在我的脑海中重现。她当时一边翻着旅行指南，一边念给我听：

"十二月六日是圣尼古拉斯日，前一天五日的晚上，圣尼古拉斯、天使和恶魔会一起，挨家挨户去走访。在这一年里，听话的好孩子将会得到糖果。如果是坏孩子，只能得到马铃薯，甚至脸上会被抹上炭灰。这个圣尼古拉斯其实就是圣诞老人。"

美南子念完，抬起头小声嘀咕道："五日的晚上，我们还在布拉格，说不定可以看到哦。"

两个姑娘向广场那边去了。

良久，我站在原地，茫然望着来来往往的人流。

不知什么时候，周围笼罩起了一层薄雾。

石路上，人群渐次融入到深沉的夜色中，隔着雾纱望去，那群人像是一团巨大的影子，缓缓地左右摇摆着。过了一会，巨大的黑影突然撕裂了一块，一个小小的黑影向我这边走来。乳黄色的过膝长羽绒服，黄色的格子纹围脖，这都与今天早上离开酒店时相同，的确是美南子。

我迅速闪身，藏到了马路近旁的建筑物的阴影中，暗中观察着美南子的去向。时隔几个小时，她的脸看着没那么生气，似乎对什么都失去了兴致……她一定是肚子饿了，想要找一家餐厅，提前享用晚餐。

美南子走过人行横道，她停在了一家餐厅前。是那家我想要进去但最终放弃的店。她隔着窗子，向里面望着。

可是，似乎是客满了。她的脸上写满了沮丧，又回到了路上，继续缓步前行。

这个傻子，一定会在那家地下餐厅的小黑板前驻足……然后端详三种语言写着的"捷克的传统美食"……然后跟着箭头，沿着楼梯走到……

果然，我的预测成真了。美南子停在了小小的黑板前，本来面无表情的她脸上突然现出了光芒。美南子走到了地下台阶的入口，她显得有些犹豫，向下面张望着。

美南子！你可千万别进去！明天就是圣尼古拉斯日了，你要是去了那家店，会被三个奇装异服的人围起来的，会留下糟糕的回忆的，会被强迫买下照片的！我很想提醒她，很想拉住她的肩膀阻止她。同时，我又企盼着，美南子可以被引诱到那种令人莫名其妙而又感到懊恼的境遇中去。这样她也可以反思自己至今为止的所作所为，可以感到内疚，可以想要求我出现在她面前解救她了。

美南子貌似已经下定决心，向下走了一个台阶。

一个、两个、三个……她在第三个台阶停留了一下，抬起了头。她又退回了一个台阶，目光注视着街道，顿了几秒。随后，她应该已经放弃回头，身影消失在了台阶中。薄雾渐浓，广场那边的影子已经化作了庞然大物。

"其他地方还有更棒的餐厅！"

美南子刚要打开那扇绿色的门，我不堪忍受痛苦的回忆，冲上去紧紧拉住了她的双肩。

岔
路

忘记了是祖母家，还是姐姐最喜欢的击球练习场，抑或是旧中山道近旁的那家商场……总之，那一次，是我们从其中一处正在回家的路上。

　　每个星期日的午后，我们全家会坐上家里的那辆墨绿色蓝鸟，开车去邻市玩。在市中心，JR①、民营铁道和新干线的线路交织在同一座车站里。车站周边是一处还算热闹的商圈。到了夏天，这里举办的花火大会在县里也称得上老幼皆知。当时，这个地方全市人口大约还不到十万人，也没有什么让人印象深刻的东西。不过，对于在满目田野的乡下长大的孩子来说，这里已经是足以瞠目的大城市了。祖母家、击球场和商场，三处都在这座城市的市区。

　　有的时候，我们整个午后都会在同一个地方消磨。还有的时候，我们会走马灯似的三处都要去一趟。在祖母家享受过午餐后，姐姐和我还有堂兄们一起去带狗狗散步。母亲会和祖母聊聊家常，父亲呢，没有人和他聊天，他总

---

① 即Japan Railways，日本的大型铁路公司集团。

会一个人倒头大睡。在击球场的时候，握着球棒的通常都是母亲和姐姐。姐姐总盼望和其他男孩子一样，去击打棒球。但是大人觉得危险，只会让她去垒球机挥棒。往一个四方形的投币机里投入两枚一百日元的硬币，对面的发球机就会发来二十球。通常，我只能打中其中的一两个球。姐姐只要一握紧球棒，就不会轻易离开击球区半步。父亲呢，只要在击球区站一会，打一个球，就会心满意足了。然后，他会蹑步到自动售货机跟前，一边吞云吐雾，一边等着我们三个女人。到了商场，我们会排成一个纵队，母亲打头阵，带领我们在拥挤的地下一层食品卖场长时间游荡。平均每个月，总有那么一天，父亲都会一时兴起，称一些上好的螃蟹或牛肉，用木纹纸包起来，放在汽车后座上带回家享用。

说起往返邻市的路线，经过国道的公交车走的那一条其实是最好记的，用时也是最短的。不过，父亲总嫌弃那条路的红绿灯太多，就开拓出了一条原创的线路。尽管有些绕远，不过路上的车辆不算多。我上了小学以后，就把这条用时三十分钟的线路完完全全印在了脑海里，我开始幻想自己坐在驾驶席上手握方向盘的样子。父亲的那辆蓝鸟驾驶席的座位从里到外都泛着烟味，墨绿色的车身也让我喜欢不起来。我好想早点拥有自己的车子，可以驰骋到想去的地方，不是祖母家，不是击球练习场，也不是那家百货商场。有一天，我在便道上走路的时候遇到了一个同学。同学的哥哥比我们年长好几岁，他当时开着一辆车从我身旁经过。同学就坐在副驾驶的座位上，向我挥了挥手。那一刻，我对姐姐瞬间燃起了期望——姐姐，到了十八岁，你就要第一时间考下驾照！你也要像同学的哥哥那样载着我去兜风哦！然而，最最关键的人物——我的姐姐——她最最讨厌的就是汽车。姐姐的性格是开朗的，可她竟然晕车。暑假，全家去远途自驾游的时候她的脸全程都是煞白的。只要开始觉得恶心了，她就会用力闭上眼睛。全神贯注地记住路线，以备将来不时之需，这种心思，在姐姐身上一点也观察不到。

大约是我十岁时候的事情了。

那一天，我也同往常一样，坐在副驾驶后面的座位上。我的右侧是空着的，姐姐坐的是副驾驶的位子。平时都是母亲坐在那里，我也记不清，那天为什么母亲没有和我们在一起了。她可能是出门去见以前的朋友，也可能是得了感冒，一个人留在家里养病。

独自占据第二排，我却没有躺下来享受宽敞的空间，而是和平时一样，身体靠近左侧的玻璃，咔嚓咔嚓地用手摆弄着车门的开关。我还会时不时偷偷瞄一眼姐姐的表情，她的脸就映在副驾驶车窗外侧的后视镜上。我在看她的时候，一下子和姐姐在镜子里对视了。她向后伸出胳膊，想要来摸摸我的脸，和我闹着玩。我就抓住了姐姐的手，感觉她的手心湿漉漉的、凉飕飕的，温度比正常体温要低得多。

　　每次遇到红灯，父亲都会停下车。然后打开车窗，吸两口烟提神。车内轻声流淌着音乐，音源不是广播，而是父亲自己录的磁带。他搜集了喜欢听的民谣，制作成了属于他的民谣专辑——也就是说，这一天是晴天。因为每逢阴天父亲会放猫王的歌。到了雨天他又会在车里放童谣。虽然对英语一窍不通，甚至完全不懂歌词的意思，但姐姐和我却大展歌喉，胡乱地模仿着。曲子听了不知多少遍，旋律已经渗透进我们的身体里了。和姐姐一起放声歌唱，别提有多开心。姐姐能用球棒把每一个飞来的球都远远打飞，同样，她的歌也唱得棒极了。

　　不清楚为什么，那一天我们莫名其妙地大吵了起来。记得一开始，还是因为一些小事情，我们拌了嘴。原因可能是姐姐的指甲抓痛了我的胳膊，也有可能是我的口水溅到了姐姐的脸颊。这一切开始得那么自然，那么随意，我们开始各执一词。接下来的争吵就发展到强词夺理和胡搅蛮缠。再往后，针尖对麦芒一样的冷言冷语都不能让我们满意。终于，我们动手了。直到对方流泪或出血，否则怒火不会得到平息。我们打得难解难分，直到有人强行把我们分开。

　　泪水首先决堤的人是姐姐。我是从来不会轻易掉眼泪的。不过，每次姐姐哭起来的时候，我的眼泪也一定会不甘人后。我和姐姐一边哭着，一边骂着，骂声中夹杂着一些含糊不清的碎碎念。面对我们姐俩，父亲没有吭声。父亲说话时不喜欢提高声调。看到母亲呵斥我们的时候，他从来不掩饰他脸上的不快。这种表情又会吸引来母亲更为猛烈的火力。她常常会把我们忘到脑后，开始一场他们两个之间的战争。无论母亲的喊声有多么狂暴，父亲几乎一点都不受影响，反而会变得一声不吭。看着在洗礼中沉默的父亲，我的内心会感到有些莫名的不安。因为父亲的沉默看起来不像是在忍耐着怒气，反而显得有一些窝囊。在长时间的耳濡目染之下，姐姐和我也的的确确从父亲的态度中领悟到了一些什么。

那一天，姐妹两个的争吵终于进入高潮。这时，父亲说了一声："别吵了。"我们两个不约而同都无视了父亲的话。我们继续吵闹，继续哭喊。情绪上头时，我们两个都已经顾不上因为什么吵闹，因为什么哭喊了。最重要的事情就是一定要比对方喊的分贝高，流的眼泪多。父亲试着换了几种表达方式，想让我们两个冷静下来。和母亲相比，父亲对于如何让孩子停止吵架，理解得似乎还不够透彻。因此我和姐姐多少都有些轻视他。在我们的眼中，握着方向盘的那双手似乎并不具备分开我们姐俩的力量。

"要吵架的话，你们两个就下车吧。"

即使父亲这么说，我们两个还是不以为然，继续热衷于我们的竞争。

"下车吧，我这就把车停下。"

父亲已经不在表达方式上做文章了，他开始重复类似的话语。姐姐本来跪在座位上，从椅背上方居高临下地对着我哭喊着，听到父亲这么说，她一边抹着眼泪，一边偷偷瞥了父亲一眼。接着，她马上转回头，用充血的双眼恶狠狠地瞪了我一下，就转过身去坐了回去。然后，从椅背对面，传来了"呜……呜……"的哽咽声。显然，姐姐开始控制自己的输出了。我很恼火。你怎么能擅自提前停战？！我变得更加亢奋，哭喊得更加激烈，一个人在宽敞的后排座椅上乱抓乱踢起来。前面的信号灯由绿变黄，父亲用力踩了一脚急刹车。我向前一蹿，险些从座位上摔下来。这一下更让我燃起了斗志，发出的声音足以刺破耳膜，连我自己都吃了一惊。

　　姐姐已经停止了啜泣。后视镜里，她的脸显得有些疲惫，眼睛呆呆地望着远方。父亲也没有再说话。

　　超市里亮堂堂的。

　　粉色的购物车高度正好到我的眼睛。有的里面装满了晚餐的食材，还有的装了足够吃一周的零食。购物车们在超市的货架间来回穿梭着。

　　从父亲的车里跑出来的时候，我的大脑里还没有任何计划。一个人逛着超市，看着身边和家人在一起的孩子们，渐渐地，我的心情产生了一些变化。我感觉自己太强大了，我要完成一件同龄人不可能完成的任务，我将执行一项伟大的任务。不过，我转念一想，这也算不得什么，又不是离家出走。我只不过做了一个决定，要自己一个人走回家而已。我这样对自己说着，走路的时候，还是不自觉会挺起胸脯。

我在零食货架发现了一种巧克力，在我家附近的超市里从来没有见过。包装的图片上除了巧克力，还有亮晶晶的吊坠儿，有红色的，还有黄色的。每个包装里貌似都会有一个。可惜我那个塑料的蛙嘴式零钱包忘在车座上了，要是带了钱，就能买一盒这种巧克力了。想到这里，我懊恼得不得了。话说回来，我还没有一个人买过东西。尽管每个月都会去一次镇子里的书店买漫画杂志，但一定会和姐姐或是小伙伴同行。

我把巧克力的盒子放回了货架，继续在超市里走着。店里有很多小孩子，有的在过道乱跑，不时摔个人仰马翻；有的紧紧抓住购物车，一步也不敢远离。都是一群小宝宝，我有些嗤之以鼻。我独自一人在超市里旁若无人地快步走着。说来奇怪，我一点也没有感到心慌。从货架的这头走到那头，然后偷偷离开超市，自己走回家。一定不能让父亲和姐姐发现，我要偷偷地一个人溜回家。毕竟回家的路线我记得清清楚楚。我能感觉到我的全身充满了能量。尽管我什么也买不起，但是我生出一种错觉，甚至自信地觉得，整个超市里的东西，其实都归我一个人所有。

就在这个时候，超市里的音乐戛然而止。"各位顾客，一位小朋友与家人走散，她是来自M镇的……"没错，就是我接下来要独自回去的那座到处都是葱田的小镇。接着，广播里传来了小朋友的名字，的确是我的，年龄也是相同的。"她身着白色的上衣，深色的裤子……"这里不对！那一天，我明明穿的是淡粉色的毛衣，还有深蓝色的裙子。

哼！父亲和姐姐都一样，没有一个人用心看我。父亲穿的是什么，姐姐的鞋子是什么颜色的，我都看得仔仔细细，记得清清楚楚——姐姐穿着暗红色的连衣裙，父亲穿着黑色的毛衣，还有第一次上身的牛仔裤，那条裤子的布料还很硬实。"小朋友的右侧脸颊上，有一颗痦子，是心形的……"听到这里，我下意识地摸了摸自己的脸蛋。我的痦子才不是什么心形！明明是三角形的！父亲和姐姐，连我的脸都没有好好看过！

远处，一个女人拿着一打鸡蛋，正目不转睛地朝我望着。她的身旁站着一个小男孩，一边拽着她的花裙子的裙摆，一边喊着"妈妈，妈妈"。

为了不让更多的人注意到，我一路小跑出了超市。宽敞的停车场里，某处一定停着父亲的那辆车。此刻，他一定就在超市里找我。我可不想找到父亲的车，在那里等着他们回来，在车前向他们摇尾乞怜。弯弯曲曲的道路尽头，是一个大大的十字路口，正好是绿灯。我迈开步子，想要跑过去，这时，人行横道的绿灯已经开始一闪一闪的了。我向前倾着身子，全力奔跑起来。刚刚踩到对面的便道，信号灯就变成了红色。

　　我在便道上向前走着，右侧是跟我同向的双车道。便道的左侧有弹子机房，还有什锦烧餐厅。马路对面的店从上到下铺满了玻璃，那是一家麦当劳。再往前走走，就可以看到市民体育场了。四周都很亮堂。只要沿着这条路一直走，就算太阳落山了，我觉得自己也不会害怕。一旁的机动车道上，不停有汽车从我身后疾驰而过。我猜想，一会一定会有一辆车，从我身边开过的时候会放慢速度，副驾驶的车窗也会摇下，接着，父亲和姐姐会一起呼唤我的名字。我呢，我会等他们喊得累了，然后冷冷地说一句："我一个人可以回家，不要你们管。"或者，可以压根就不搭理他们两个。

　　又一辆车，从我身边开过。

　　我的心一下子提到了嗓子眼，双脚不自觉停了下来，那是父亲的车。

　　没错，那辆渐行渐远的车，就是父亲的。我永远不会喜欢的墨绿色，车牌上的一串数字也和我的生日近似，绝对是父亲的车！左侧的后排座椅上，我看到有人坐在那里。那个人的脸，还朝后面看着。

　　没有减速……在前面的拐角处，那辆车不见了踪影。

　　一种奇特的感觉开始从头到脚笼罩我。久久地，我在原地一动不动。周围的景物开始变得朦胧。一股寒流，从我的心底升腾。

父亲和姐姐，他们为什么会没有注意到我？难道在路边走着的我，和家里的、车里的我，看起来根本就是两个人？还有那个孩子……副驾驶后面坐着的那个孩子……是怎么回事？我的脑海里氤氲着疑雾，然而，一个轮廓却在模糊中逐渐清晰——一个女孩，穿着白色的上衣，深色的裤子，脸颊上有一颗心形的痦子。在超市里，父亲和姐姐找到了她。她和他们一起，坐上了那辆汽车。她假装成我，回到了我家。接下来，等着我们回家的妈妈对他们三个亲切地喊一声："你们回来啦。"然后，餐桌旁，她坐在我的座位上。该睡觉了，她躺在了我的床上……

　　不知不觉中，夜幕降临了。对面开来的车，远光灯让我目眩。在超市蓄满全身的能量，已经不知飞到哪里去了。我才发现，大滴大滴的泪珠正从我的眼睛里夺眶而出。

　　我僵在原地，渐渐感觉到了寒意。单穿的毛衣已经无法抵御夜风。我缩着脖子，双手缩进了毛衣的袖管里，迈开了沉重的双腿。原本信心满满的路线，这个时候，也已经有些犹疑了。印象里，再往前走一段，这条路才会向右或者向左拐。可眼前的这个转角，又是通向哪里的呢？我完全想不起来了。平常的记忆，已经不知去了哪里。

　　头顶上的夜空中，有几颗星星开始眨眼睛。我又一次停下来，我想找到北极星。暑假在天文馆看星象仪的时候，我记住了它的位置。从入夜到黎明，这颗星星都会在相同的位置闪烁。从很久很久以前，它就在指引沙漠的旅人，告诉他们回家的路……在院子里，我和姐姐不知一起看了多少次，可今天，为什么我怎么睁大眼睛，都找不到它了呢？

如果……还能——我重新迈步的那一刻，我在心里暗暗发誓——如果还能再一次坐到父亲的那辆车里，如果还能再一次和大家一起去祖母家，如果还能再一次在练习场击球，如果还能再一次在商场的食品卖场走来走去……我绝不会再在车里哭闹，绝不会再呵斥姐姐，绝不会觉得沉默不语的父亲有些窝囊。

脚下的路，终于来到了前面的转角。过了转角，路开始向左前方延伸。转角正中的路旁，坐落着一家那一年新建的便利店。店里灯火通明，泛着白光。便利店前的停车场一角停着一辆车，车身是我看过无数次的墨绿色。

"你怎么在这儿？！"

姐姐正好从店门出来，看到我的瞬间，她惊叫了出来。

"爸爸，快来！"

店门半开着，姐姐对着店里大声喊道。父亲也从店里出来了，和姐姐一样，他看到我后，眼睛也瞪得像两个铜铃。

"你是走来这里的？"

我点了点头。"天！"姐姐又尖叫了一声，手中的白色购物袋，险些飞出去。

"今天你不是和妈妈一起看家吗？你干吗从家里一个人走到这里来？"

"我不是从家里来的呀，是从刚刚那家……"

话刚说到一半，我猛然发现，姐姐的衣着有些问题。她穿的虽然是连衣裙，但连衣裙的颜色不是我记忆中的暗红色，而是微微泛青的紫色。姐姐身后的父亲，毛衣是灰色的，牛仔裤也不是硬邦邦的，是松松垮垮的那种。他们两个的衣服和我的记忆，都有那么一点点不一样。

"出门前跟妈妈说了没？"

父亲来到我面前，躬下身子问我。那天早上，父亲把胡须刮得干干净净。而现在他的鼻子下面已经有了一些青茬。

"能走到这么远，真的很棒。可一个人这么晚出来，是不行的哦。要是不能在这里碰到爸爸，你可怎么办呀。"

父亲拍了拍我的后背，领着我和姐姐往车那边走。"12-18"，车牌上的数字和我的出生日期，一模一样。可是，最后一位数字不应该是"7"吗？父亲第一次把这辆车开回家的时候，我不是还禁不住一直埋怨他，"就差一个数字，为什么要申请这个号码呢？！"

"爸爸，咱们家的车，什么时候换了车牌？"

父亲扑哧笑了，回答我说："没换过呀。"

姐姐没有打开副驾驶的车门，而是绕到了对面，坐进了后排的座位。副驾驶的座位竟然被空了下来。印象里忘在后排座位的零钱包，也没有半个影子。父亲踩下了油门，汽车提速向前，街灯下向两侧划过的风景和往常没有一点不同。住宅区、田地、学校依次呈现，和我记忆中的顺序完全相同。这条路，就是我已经烂熟于胸的那条路，就是我已经完完全全印在脑海中的那条每次都要经过的路。

车内的音响低声吟唱着父亲喜欢的民谣。姐姐和我又胡乱编了一些歌词，一起大声合唱。路上，我跟姐姐说起，我找不到北极星了。姐姐马上把额头贴在玻璃上，用手指把那颗小小的银白色的星星指给我看。回到家以后，隔着窗子，我久久凝视着那颗星星。我想把那遥远而微弱的星光，深深镌刻在我的眼中。今后，就算是我一个人走夜路，我也不会再次找不到它了……

那一天过后，时光又走过了三十年。上个月，久病在床的堂兄，离开了这个世界。葬礼的那天，姐姐和我都穿着丧服，分别从各自的家里坐车到了车站。在站前的环岛处，我们上了父亲的车。如今，父亲驾驶的是白色的普锐斯。去年才刚刚换购的新车，座椅上已经沾染了香烟的味道。母亲坐在副驾驶的座位，我在母亲的身后，姐姐在我的身边。每个人的位置，都没有变，和以前一模一样。

葬礼结束后，那一天的记忆忽然复苏。我坐在副驾驶的后面，把那个难忘又不可思议的午后讲给了他们三个听。没有一个人相信。"是个梦吧?"父亲说道。"真让人背脊发凉。"这是母亲的评价。姐姐在后排半睁着眼睛,咯咯咯地笑个不停。

我脸颊上的那个痦子,随着时光流逝,也一点一点地改变了形状。现在呢,已经是一个完美的心形。

山里的春子

"往左点，再往左点。"

阿凑听罢，把手往左侧挪了挪，用力一按。

"啊——"

春子大叫了一声，良久没有动弹一下。

阿凑用手轻轻按揉着春子的腰椎偏左一点的地方。

仿佛是从高空向地面用力掷下的一块泥巴，春子的身体牢牢地粘在了褥子上。尽管隔着衣服，阿凑还是觉得触摸过春子后，手心变得黏糊糊的。

最后，阿凑轻轻拍打了几下春子的后背，让她放松以后，就在褥子的空白处，蹭了蹭手心。

"力道太重了？"

"没呀。"

"好点了吗？"

"嗯呢。"

春子缓慢地翻过身子，仰面朝天，对着阿凑咧着嘴嘻嘻地笑了一下。从春子厚实的双唇中间，可以看到排列整齐的大板牙。在两颗板牙之间，明显夹着一个黑黑的东西。

"小春，你的牙……"

"啥？"

"牙……你的牙，要认真刷牙哦。"

"牙上有什么东西吗？"

"是什么呢……可能是……海苔？"

阿凑绞尽脑汁，企图回想起刚刚吃过的早饭里都有哪些食材。春子也不管她，自顾自地把一根手指塞进了嘴里，从左到右，又从右到左，清扫了一遍牙床。然后，又龇着牙对阿凑笑了一下。

"太恶心了……快去洗手！腰好了就赶快起来吧！"

阿凑一边说着，一边攥住了她另一只没有入口的理应干净的手，想把春子拉起来。可是，巨大的身躯纹丝不动，身体的主人似乎没有半点要起来的意思。阿凑放弃了，她没有松开手，自己先起了身。

"阿凑！小春！被子！"正房那边，传来了一声怒吼，

"好——嘞！这就去！"阿凑高声回应道。一旁的春子把没被阿凑握着的那只手，在榻榻米上来来回回摩擦后，弄干净了手指上的口水。

"小春，咱们得去晒被子了。"

"嗯。"

"听声音，我妈貌似心情不太好。"

"嗯。"

"快点过去吧，会挨骂的。"

"姨母为什么心情不好呀？"

"那些音乐人不是要来了嘛。"

"哦哦，都这个时节啦。"

"据说今年要来二十位呢。"

"哇哦，今年哪位音乐人会把我的小凑凑娶走呢？"

居高临下的阿凑狠狠瞪了一眼春子，她想松开春子的手，这次春子却握得更紧了。

"开玩笑开玩笑，你可是已经名花有主咯。"

"我起！"

春子吆喝一声，把全身的重量压在了阿凑的胳膊上，借力站了起来。阿凑没有支撑住，和春子掉了个过儿，扑通跪在了被子上。

春子站稳后，立刻紧紧抓住了阿凑的肩膀，接着又开始"哎哟哟"地呻吟。

"再揉揉。"

"什么？"

"这里这里，狠狠地揉几下。"

"哪儿？"

春子半蹲在原地，阿凑依旧跪在被子上，两手重叠在一起，用力戳进了春子腰部的左侧。阿凑的双手在春子肥厚的脂肪中潜行着，迟迟无处着陆。要是整个身子都压上去，恐怕双手都可以从春子的肚皮那边浮出油面。

"啊——对对！就这样，就这样，好了好了！"

春子扭回头，低头俯视被子上的阿凑，又嘻嘻嘻地笑了出来。刚才明明已经用手指细细清扫过了，可不知为什么，两颗板牙之间，还是塞着个黑乎乎的东西。

　　被子上还留有春子起身前的余温，阿凑觉得自己像是跪在黑色的沼泽里，两条腿在噗嗤噗嗤往下陷。

　　春子和阿凑两个是表姐妹。阿凑今年三十一，春子马上三十六了。

　　阿凑的家是一家观光旅馆，位于新潟县十日町的清津峡附近。这家旅馆既不是历史悠久的老店，也不是设施先进的新锐，只能算是不老不新、不上不下的一家店。一切开始于上世纪八十年代，那个时候，阿凑的祖父因为炒股捞到了第一桶金。他也没有想到有什么更好的生财之道，于是在山沟里的国道旁建了一家旅馆，专门接待前往清津峡游玩的旅客。

　　刚开业时，据说还有一阵子算得上顾客盈门。可是旅馆里既泡不了温泉，又没有什么拿得出手的特色，后来生意渐渐惨淡，年年每况愈下。很久以前，工作人员都是在旅馆里吃住。可是，现在只剩下一位大厨，还有一两个打零工的阿姨，他们都是每天从家里来上班。阿凑的父亲算是出于对阿凑祖父尽孝，才勉强接手了这家旅馆。不过，他从来没有一点点想要把这里发扬光大的积极性。曾经他一时兴起，立志亲手给旅馆制作一个主页。不曾想，学着学着，就阴差阳错地迷恋起了网络游戏。旅馆的事情父

150

亲几乎全都抛在了脑后；实际运转整个旅馆的是阿凑的母亲。在家庭会议上，全家决定，在父亲这代就把旅馆关掉。再支撑几年，父亲和母亲就把旅馆的土地和房屋卖出去，在越后汤泽站前面买一套公寓，老两口去安享晚年。自从商量好关掉旅馆，阿凑就不在这里帮忙了，开始去镇子上的超市打零工，工作是收银。

三年前，春子住进了这里的偏房，这间房原本是阿凑小时候住过的地方。春子应该算是旅馆的工作人员，不过，她又算不上是服务员。刚来的一段时间里，她也和其他服务员一起，在餐厅帮帮忙，给客人上上茶。可是，没过一个月，阿凑的母亲就对她说："小春呢，还是适合做一些力气活儿。"那以后，春子的工作就变成了名副其实的力气活儿。晒被子、搬运啤酒箱，还有在院子里伐木砍柴，尽管旅馆从来也没有烧过劈柴。

春子的老家在静冈，她在那里长大。来旅馆工作，是因为她母亲把她交给了自己的亲妹妹照料。

春子从来没有对阿凑亲口说过自己为什么要来。母亲和姨母打电话的时候阿凑从她们的对话中听到过只言片语。根据仅有的信息推测，在静冈的时候，春子貌似是订婚出了问题。到底是订了婚但没有结成，还是压根就没能走到订婚的这一步，阿凑隐隐觉得，大约是后者。

三年前，当春子仅带着一只波士顿手提包出现在阿凑的面前时，第一眼就着实让她吃了一惊。春子以前只是有

151

一些微胖。前一年，在滨松的亲戚家举行的法事上，阿凑还见到过她。可是仅仅过了一年，春子就已经胖成了另外一个人。

"我呀，是被我妈赶出来的，因为……我吃米饭吃得太多啦！"

尽管春子是开着玩笑说的，但她真的超级能吃。不过，春子虽然足够能吃，但和刚来的时候相比，体型似乎也没有发生什么变化。这可能是因为，一是山里面的空气好，二是因为每天干的是力气活儿，可以看作是一种恰到好处的运动了。其实，阿凑也绝不能算是苗条的女人，在任何人眼中，她的体格都应该算作敦实。但只要和春子站在一处，阿凑总觉得，自己化身窈窕淑女了。

按理说，春子起初只是计划在旅馆逗留一个月左右，等心情好了就返回老家。可是，一个月之后说再过一个月……过完又说再过一个月咯……就这样，归期不断往后拖，到现在，时间已经整整流逝了三十六个月。在这家旅馆，作为一名小小的工作人员，其实很轻易就会被取代。春子却不同，不知不觉之中，她的地位越来越重要了。所以，她随便找个腰痛的理由，就可以偷偷懒。即便如此，也没有人埋怨她。

春子和阿凑穿过连接偏房和正房的通道，阿凑的母亲看到女儿和外甥女一前一后走了过来，先对春子打了个招呼。

"小春！你的腰怎么样了？"

"嗯，恢复了。阿凑给我揉过了，已经不疼了。"

"要是太严重的话，不去医院可不行呀。"

"只要让阿凑给我揉几下，就没事儿了。"

"老是按摩的话，身体可就变得坑坑洼洼的咯。"

"坑坑洼洼？姨母你好坏哟！哈哈哈哈……"

到底哪里好笑呢？春子和母亲两个开始捂着嘴笑个不停。原以为母亲要破口大骂，没料到却是捧腹大笑。原以为母亲要爱答不理，没想到却是两眼放光。阿凑看着面前的两个人，感觉她们比亲生母女更像亲生母女，不禁变得有些闷闷不乐。要是自己哪天消失了，这两个人会更加肆无忌惮地母慈女孝吧。想到这里，她有点欣慰又有点气恼，心情复杂。

下个月，阿凑就要离开旅馆，嫁到埼玉的人家去了。为了筹备婚事，上一周，她把超市的工作辞掉了。虽说也算不上是对生养自己的地方的一种回报，不过她还是打算直到远嫁他乡的前一天为止，都要像以前一样，在旅馆里帮忙。

"妈妈，今天是要修枝吧？"

"嗯？对，修修吧。"

"修哪里的？"

"大门那里的刺柏和黄杨什么的吧……其他的你们俩看着办。"

"做完了呢？"

"那到后面去洗洗空酒瓶。"

"这些也做完了呢？"

"那就休息吧。今天晚上开始，要忙起来了哟。"

母亲说完，就转过身，摇摇晃晃地去账房了。

"谁说姨母心情不好？看起来不是挺开心的？"

阿凑也没回答，穿好拖鞋，就出门了。

今天从一早开始就是响晴。自从积雪融化，还没有修剪过那一排刺柏。枝叶已经生长得龙飞凤舞，看起来要费一番功夫了。阿凑来到库房，挑了两把修枝用的剪刀还有两副相对干净一些的劳作手套。阿凑从库房里出来，发现春子正蹲在黄杨的树荫下闭目养神。

"小春！这个给你。"

"嗯……"春子哼哼了一声算作回答，可是，她的眼睛还是没有要睁开的意思。

"我来修刺柏吧，小春，黄杨交给你？"

春子睁开了眼睛，阿凑满以为她要开工了。可是，没想到春子引吭高歌起来，别提声音有多洪亮。

采茶小调最耐听 次郎长①是人中龙

---

① 清水次郎长（1820—1893），幕府末期至明治时代的侠客。出生于现静冈县清水町。

154

百花丛中橘最美 盛夏橘花最可人……

　　春子每次展开歌喉，不唱到心满意足，她是不会罢休的。阿凑决定不再等她，把剪刀和手套扔在了草坪上，一个人往刺柏那边走去。

　　给灌木修枝，阿凑从小就喜欢这工作。尽管没有受过专业训练，只要集中精力，就可以修得整整齐齐，像是用尺子测量过。阿凑站在刺柏丛的一侧，在心里默默画了一道直线，然后，沿着这条线开始挥舞起剪刀。

嘿哟！采茶、采茶、采茶咯！

　　春子还待在原地高歌。歌声铿锵悠扬，让人不得不赞，这却更让阿凑气不打一处来。春子这个人，除了唱歌和让人生气之外就再没有可取之处了。

天公大约要下雨蛙儿声声叫不停……

　　采茶小调是春子最拿手的，歌词足足有三十段。春子把三十段里的每一个字都背得滚瓜烂熟。不只歌词要百分百还原，就连间奏也会留好时间，整首歌唱下来，需要将近三十分钟。

　　看今天春子的歌兴，大约要唱到第十段。让阿凑意外

155

的是，春子唱完第二段，就没了声音。阿凑抬头看去，不知什么时候，春子往嘴里塞了一块口香糖，两只手撑在地面上，正大口大口地嚼着。万籁归于俱静，心里的那股恶气，本应该消失于无形。可是，阿凑还是隐隐觉得，有些什么东西盘踞在心底，迟迟难以释怀。这是什么缘故呢？阿凑回想了一下，忽然，刚刚春子说的一句话在脑海中重现，就是那句"今年哪位音乐人会把我的小凑凑娶走呢"。

旁边明明没有人盯着自己，阿凑却刹那间感觉到，自己的两颊变得滚烫。

这个肥春！总爱拿人开玩笑，太讨厌了……

阿凑停下剪刀，深深地吸了一口气。她平复了几分自己的心绪，在T恤上抹了抹指缝中的湿气，重新握紧剪刀，又开始在枝叶中翻飞。但这一次，速度是之前的两倍。等到她完全平和了，发现刺柏丛头顶的直线，已经倾斜得不忍直视。

七月间的几天，总会有一群音乐人来到这家旅馆。他们第一次来恰好是在春子住进旅馆的那一年。

音乐人来到这里，本意是为了参加在苗场滑雪场举办的大型露天音乐嘉年华。正常的游客，会入住滑雪场附近的酒店或温泉旅馆。可是，这些地方价格又贵，房客人多又吵。话虽如此，这些音乐人又不肯住到野营公园的帐篷里，大概是自觉不符合音乐人的身份吧。于是，他们就决定住在滑雪场背面的这家旅馆里了。阿凑家的旅馆或许与他们有些异曲同工，平日里都是无人问津。

　　每年来的音乐人多少会有些微妙的变化。不过，大体上都是抱着吉他箱，一群人分几辆房车来。所有音乐人的样子都差不多，染着金毛的，留着长发的，打着鼻环的，穿着破破烂烂的T恤的……仔细瞅瞅的话，还有一些小痞子，也混在里面滥竽充数。阿凑的母亲倒也不在乎，把这群人都统称为音乐人。每年，这群人中的几个，总会喝得酩酊大醉，把榻榻米弄得一塌糊涂。还有几个，总会大打出手，一个个头破血流。尽管都不是省心的客人，不过该付的钱每年都一分不少。虽说旅馆就要停业了，倒也不是完完全全的躺平。因此，这群人倒也算得上难得的熟客。

　　这群人每年夏天只逗留几天，但每次都要把旅馆闹个底朝天。母亲本来就受不得惊吓，他们一来，就更要消耗心神了。因此，在阿凑的眼中，他们只能称为旅馆的大麻烦。然而每到此时，春子却异常亢奋。音乐人们在大包间里畅饮的时候，春子总会在他们的门前走来走去。就算人家没让上啤酒，她也会主动上几瓶。还要一会给这个一会给那个斟酒，一个人忙前忙后，显得不亦乐乎。

　　她们两个的态度截然相反，因此，去年夏天的那件事情，才让旅馆里的所有人都大吃一惊。阿凑和其中的一个音乐人，竟然一起失踪了两晚。

　　那个时候，阿凑已经订婚了。为什么走到那一步，直到今天，阿凑自己也说不清楚，记忆也已经模糊了。她只

157

记得，两天时间，她和他总共做了七次。先是车里的两次，酒店里是四次，最后一次，还是在车里。她还记得，对方的后背上，有数不清的黑痣，像是撒满了黑芝麻。对于男人，阿凑只经历过两个。一个是未婚夫，还有一个是大学时只交往过两个月的前男友。第一次的时候，阿凑紧张得不得了。不过，说不好是那个男人技术高超，还是两个人之间有一种天生的默契，仅仅一次，阿凑就已经变得不能自拔。后来，她偷看了男人的驾照，发现对方竟然已经四十九岁了。那一瞬间，阿凑的心降到了冰点。之后，她坐公交车回到了旅馆。母亲一直在哭哭啼啼，看父亲的样子，似乎想说上几句，不过，最后终于什么也没说出口。只有春子，显得很是忿忿。最头疼的是，阿凑和那个男人在车里干柴烈火的时候，被春子看到了。阿凑觉得十分羞耻，便叫音乐人把车开出去。没想到越开越不想回去，回过神时已经开出好远了。阿凑猜测，春子一定会和自己的父母说的，事实也正是如此。这次私奔，绝对不能让阿凑的未婚夫知道。在旅馆里也被禁止再次提及。

阿凑的婚事，是相亲定下来的。未婚夫是东京的初中老师，比阿凑大一轮，已经四十二岁了。他答应，等到阿凑嫁过去，就建一座可供两代人共同居住的新房子。

修剪黄杨本来应该是春子的工作，结果还是阿凑一起做了。接着，她到后院，开始清洗啤酒瓶。

春子没有一点想要帮忙的意思，可她还是跟了过来。

她把装啤酒瓶的塑料箱翻转过来，一屁股坐在上面，开始发呆。春子的拖鞋飞到了一旁，两条腿门户大开。腿上都是脱毛后留下的毛孔，粗大得十分扎眼。她的发型只比鸟窝看上去规整一些，一只手卷着一缕头发。嘴是半张的，眼睛空洞得像是两个窟窿。

春子姐姐以前可不是这样的呀，明明更有朝气，更可爱的……

阿凑不由得又回忆起了那个曾经的春子姐姐。没到暑假，她总会和父母一起住一星期，其间会一直陪着自己玩。那个时候，春子姐姐总是穿着一身清纯的白连衣裙。每次看到她从车上下来，阿凑别提多开心了，总会欢呼着、雀跃着跑过去迎接。当年那个优雅又秀丽的女孩，如果知道二十年之后的自己是这副模样，会不会跪倒在地上，哭昏过去呢？

阿凑感觉到，有人在盯着自己。她回头一看，发现春子把眼睛瞪得又圆又大。阿凑的心里咯噔一下。

"你怎么了？小春。"

"来了哦。"

"啥？什么来了？"

"那群音乐人呀，你没听到吗？你好好听！来咯！"

阿凑竖起耳朵，果然，从国道那边传来了一阵轰隆轰隆的声音，感觉是什么吵闹的东西在向旅馆这边靠近。没过多久，飘渺的轰隆声变成了清晰的摇滚乐。阿凑听到，有几辆车停到了正房前面的停车场上。

"今年要小心，可不要成了人家的猎物哦。"

春子又在炒去年的冷饭，脸上流露出不怀好意的窃笑。阿凑没有理她，继续洗着手上的啤酒瓶。"走咯，我去迎接他们啦！"春子站起身，摇晃着硕大的身躯，向房前走去。

"砰！砰！砰！"几声粗暴的车门关闭的声音后，一阵阵男人们的吵闹声，传到了房后的阿凑的耳朵里。

这群音乐人里面，每年都会有一个人充当老大。老大的身边，还会有四五个小弟模样的主要成员围着他转。其他的男人，住在旅馆里的时候，不是喝酒，就是闹事，或者是赤裸着上身呼呼大睡。去年，带着阿凑私奔的那个男人，是主要成员之一。在这群人里面，他做事细致，还兼管所有人的财务。所以，老大听说找不到他了，大发雷霆，据说还气得踹倒了院子里的一尊石灯。

今年的老大，名叫古贺。一眼就可以看出，这不是一个文雅的男人。黑色的棒球帽下，露出长长的卷发。戴着正方形的墨镜，身穿紧绷绷的黑皮裤。最抢眼的是脚下的缚带高筒靴，鞋底厚得像是花魁的高齿木屐。他随便说句什么话，周围的人都会点头哈腰地"古贺哥、古贺哥"叫个不停。然而，他本人却没有显得趾高气扬，不是"谢咯"就是"对不住啦"，平易近人的语气，倒是很出人意料。

到了傍晚，阿凑带着春子进了厨房打下手，烹制一些晚宴要上的料理。没想到，一转眼春子就不见了。阿凑慌忙去找，发现她竟然一声不吭地跑到了大包间，和母亲还有打零工的阿姨一起，在酒席上帮忙。这样厨房里只剩下了阿凑和大厨山根，两个人忙得团团转。

　　"阿凑！啤酒都摆到包间门口！这些人呀，可能喝啦！"

　　"我在厨房呢，分不开身！小春呀，包间里有我妈就好了，你快来这边搭把手！"

　　"不行了不行了！光靠姨母她们，根本忙不过来啊！啥？你说啥？天妇罗的蘸料不够了？阿凑！蘸料！"

　　"蘸料？山根叔！天妇罗的蘸料放哪儿啦？"

　　终于，晚宴结束了。音乐人都回了自己的房间，阿凑拖着疲软的身子，和阿姨开始收拾包间。母亲很久没有在这么盛大的宴会忙活了，早已累成了一摊烂泥，跟阿凑嘱咐过关门和清理浴池的事情后，就匆匆回房间休息了。这个时间，父亲早已经进入了梦乡。让阿凑有些放不下心的还是春子。她没收拾几下，就嘟囔一声"我去上大号"，之后就再也没回来。阿凑问阿姨，阿姨不敢看阿凑，吞吞吐吐地说："她和几个人出去了……"

　　"出去了？去哪里了？"

　　"这个嘛……貌似是汤泽那边常去的那家卡拉OK……"

　　"卡拉OK？"

　　"貌似那里晚上唱一小时也才一百日元……"

阿凑伸长脖子，从大包间的窗户向下望去，停车场上果然少了一辆房车。

这么晚了，一个女人和一群酒醉的男人出门……阿凑不免有些担心春子。她转念一想，春子不是孩子，年龄也不小了，出了什么事，都要对自己负责。想到这里，阿凑便没去跟父母提起，收拾完包间，洗澡、关门，之后就瘫倒在了被子上。

翌日清晨，在闹钟的响声中，阿凑迷迷糊糊地醒了过来。还在被窝里半梦半醒之间的时候，她听到一阵喧闹的音乐由远及近，接着，在后院的停车场戛然而止。阿凑吃了一惊，看了一眼时间，是六点零三分。车门关闭声之后，接着传来的是"哇哈哈哈"的开怀笑声，那是春子的。

难以置信！那些人竟然一直玩到这个时候？

阿凑洗过脸，换上工作服，来到了偏房。春子也没锁门，直接躺在没被收起来的褥子上，仰面朝天摆成一个大字，正在呼呼大睡。

"喂！小春！"

不管阿凑怎么摇晃春子，都不见她的眼皮动一动。

"哎呀！你是不是傻！怎么能玩通宵呢？你又不是客人，你到我家是来工作的呀！"

阿凑明白，怎么说都是对牛弹琴，但她还是忍不住骂了几句。"哼！"肚子里的怨气，总算是有了些许发泄。阿凑抬头看了看房间里，发现昨天给春子按摩后，和她一起收拾的所有物件，都已经恢复了原状——洗好没叠的衣服又堆得乱七八糟，不清楚用没用过的纸巾散落在垃圾箱的周围，两袋豆面酥糖都开着口，其中一袋有几颗已经滚落在榻榻米上……为什么吃糖也会吃得这么邋遢，阿凑实在想不通。她依然很愤懑，但又有一丝冲动，于是拿起一颗酥糖，放到了嘴里。清脆的声响，忘情的咀嚼，豆面的醇香转眼间就让阿凑的情绪平和了下来。

阿凑起身，把地上的纸巾扔进了垃圾箱，把衣服叠整齐，又用橡皮筋扎紧了酥糖袋。接着，她给春子盖上了一条毛巾被，就离开了房间。

音乐人们要参加的露天嘉年华，将在他们住进旅馆的第三天举行。他们计划在嘉年华结束后的第二天早上十点退房。整个行程是四天三晚。阿凑觉得，嘉年华的前一天来，之后的那天走，正好是三天两晚，这样不是足够了？但春子仿佛什么都尽在掌握的样子反驳道：

"那些哥哥呀，整个人都被东京的污浊的空气腐蚀了，他们要提前点来，用咱们这里清新的空气，彻底净化一下肉体。"从卡拉OK回来的早上，春子的脸蛋粉扑扑的，显得有些浮肿。

前一晚音乐人喝空的酒瓶在榻榻米上东倒西歪。阿凑收拾好后，又开始在后院的水槽那里一个一个清洗啤酒瓶。

"去卡拉OK什么的，不会干扰人家净化自己吗？"

"卡拉OK嘛，我觉得是不影响的。哥哥们自己都说不影响了。"

"小春唱了什么歌？"

"采茶小调呀。"

"就这一首吗？"

"古贺哥还夸我声音好听呢，说我的嗓子就像安·威尔森。"

"是什么人呀？"

"是位美国歌手哦。"

"美国歌手？采茶小调？太扯了吧。"

"我说你呀，是声音像，又不是歌像。"

春子说完，又开始引吭高歌。

采茶小调最耐听 次郎长是人中龙

百花丛中橘最美 盛夏橘花最可人……

"哟！春子小姐，在唱歌呢？"

阿凑冷不防听到有人说话，回头一看，原来是古贺。今天的古贺从帽子到靴子依旧是一身黑。古贺脸上戴着墨镜，正靠在正房的墙壁上。

"古贺哥！这里这里！"

春子腾地跳了起来，从附近搬来一个啤酒箱，放到了自己近旁，热情地招呼古贺过去。

"不愧是全日本采茶小调大赛第一名！"

近在咫尺的古贺一鼓掌，春子本就粉扑扑的脸蛋更像是着了火。的确，春子在十岁左右的时候，在静冈学过一段时间长调。那时，她参加了全日本采茶小调大赛，还在儿童组获得了第一名。不过，这段经历因为太过珍贵，听春子说，她很少跟别人提起。就连阿凑都是半年前才知道的。当时，看着春子的奖状，阿凑惊得合不拢嘴巴。如此不能轻易与人分享的荣耀，古贺竟然已经知道得一清二楚。这说明，春子已经认定，古贺哥是一位值得交心的大人物了吧。

"哎呀，那都是老早以前的事情啦。"

"不不不，可是了不得，全日本第一名啊。这首歌的难度又超高。还有啊，'次郎长是人中龙'，这句太赞了！我呢，大爱次郎长！"

"我也爱！我们清水的人呀，都把次郎长当作英雄呢！"

听春子这么说，阿凑想象了一下次郎长的样子。可能是以前看过的电视剧，或者是其他什么东西的影响，阿凑的脑海中，只是浮现出一个黑社会老大的形象。先不管这个，春子的家乡明明是滨松，跟清水一点关系也没有。

"这位……就是春子小姐的表妹吧？"

古贺把墨镜往下滑了滑，从上沿外侧直视了一下阿凑的眼睛。他的眼睛细细的，眼尾还向上吊。不知古贺哥是不是贴了双眼皮贴，他的上眼睑的曲线明显不那么自然。眼镜的下方，隐约还藏着不少细纹。尽管被对方直视，阿凑的心里却想，这个人比他的装扮要老得多啊。

"是的，我叫阿凑。"

"阿凑小姐呀，那我就叫你米妮吧。我们是朋友咯，米妮小姐。"

阿凑本来想说，还是叫我阿凑吧。这个时候，古贺已经把墨镜还原到了本来的位置。

"昨天我听了很多你的事情哦。米妮小姐下个月就要结婚了吧？先生在东京做老师？"

阿凑瞪了春子一眼，春子显得一点也不介意，继续在一旁嬉皮笑脸。

"说实话，东京太差劲了。人情味儿什么的，毛线也没有。可是啊，我这种人，只能活在东京了。"

"准确地说，他工作的学校在东京，住的地方在埼玉的上尾。"

"有空了来看我的演出啊，春子小姐也会来的吧？"

"当然了，一定会去的！"

"演出的时候，有的女孩子会嗨得脱光光哦。"

古贺丝毫不隐藏自己脸上的馋相，直勾勾地盯着春子丰满的身体。阿凑感到了一种难以抑制的嫌恶，放下手上的啤酒瓶，丢下一句"我去除草"，就起身离开了。春子见状，甜甜地说了一声"辛苦了哟"。

走到正房的墙角，阿凑回头望了望。春子和古贺的身体，刚刚还隔着一拳的距离，就这么几秒钟的工夫，已经紧紧贴在了一起。是春子投怀送抱，还是古贺得寸进尺？阿凑也说不清楚。这种心情，更让她气不打一处来。去年也是这样。到底是自己先主动的，还是那个男人先主动的，已经记不清了。觉察到的时候，两具身体已经如胶似漆了。

阿凑用力摇了摇头，想从大脑中把那一后背的黑痣逼出去。

第二天的晚上，音乐人照旧是开宴会。

春子也照旧操心包间里的人，只顾给男人们上菜和斟酒。她一会把热汤洒在榻榻米上，一会把上菜的顺序搞错，给阿姨增加了不少工作。不仅如此，春子还不知道收敛，每次到厨房运一趟啤酒的空闲，还要挑挑阿凑和山根大厨的毛病。"出菜太慢啦！""天妇罗都炸得变形了！"说完什么也不管，抱着啤酒瓶就跑回大包间。阿凑觉得，没法跟这种人较真，只能左耳听右耳忘了。可是，心里的怒火一直没有熄灭。

宴会结束后，还没有东倒西歪的男人们没有像前一晚一样去唱卡拉OK。他们来到院子里，开始制造吉他噪音。万幸旅馆附近没有民居和其他酒店，倒是不会影响到人家。可是，阿凑已经累得不想动弹，但还要收拾狼藉的杯盘，这些声音不免显得格外刺耳。

收拾到中途，阿凑偷偷去看了一眼。春子就坐在古贺的身边，两个人像是黏合在了一起。不知从什么时候开始，春子俨然已经被当作老大的女人。小弟们纷纷握着啤酒瓶，抢着给嫂夫人敬酒。阿凑已经气得无话可说，刚要回去继续收拾。这个时候，一直在账房躲清静的母亲喊了一声："阿凑，电话！"

阿凑走了过去，"是小林老师"，母亲面无表情地说道。阿凑拿起分机，走远了一些，然后按下了接听键。

"喂？"

"啊，喂，是阿凑小姐吗？"

"对的，是我。"

"这么晚，真抱歉啊，是关于房子的事情……"

"啊，房子怎么了？"

"我是想……新房的车库，是不是留出三辆车的空间好一些……"

"嗯？车库？"

"你想，我父母各有一辆车，我们眼下虽然不开车，以后过一段日子，大概就会买车的嘛。"

"嗯，的确是，应该会的。"

"而且听说买车又要增税了，我又犹豫，要不要趁着没涨，先买一辆……"

"的确，反正将来也要买，索性没涨钱之前买一辆，也不是坏事情嘛。"

"可要是买车的话……还真的要建一个三辆车的车库了……那样的话，房子和院子的面积就小了……"

"嗯……"

"这么说来……也没必要这个时候非要买一辆车吧……"

"嗯……"

时间过了三十分钟，阿凑静静地听着，未婚夫终于结束了买不买车的事情。去放分机的时候，母亲从账本上抬起眼睛，问道：

"小林老师找你什么事？"

"意思应该是他想买车，但现在又不能买。"

"到底是买还是不买？"

"搞不懂。"

"为什么每次都要打到账房来？你跟他说说，让他直接打你的手机吧。"

"已经说过两三次了，不知道怎么回事，可能忘记了吧……"

"真是个严谨的人。"

下个月就要和电话里的这个男人在埼玉完婚。一年以后，就要和公婆一起在新建成的房子里同住。对于自己的未来，阿凑只是觉得是跟自己无关的事情。她也会猜测，大约会有很多苦楚。但这份苦楚，又似乎只是众多的选项之一。阿凑丝毫没有切身感受到，除了这份苦楚，自己已

169

经没有其他任何选择了。

"小春好像和那个瘦子头目处得很好啊。"

母亲说完，用圆珠笔向上比划了一下，外面隐隐约约传来了音乐声。

"就是的！貌似她已经陷得相当深了。昨天呢，去卡拉OK唱了通宵，今天下午还懒懒散散的，到了晚上宴会的时候，却来了精神。怎么说她也算是旅馆的员工，妈妈你好好说说她吧！"

"你去年不也是那个样子，她在学你吧。"

"……"

"热热闹闹的，挺好。"

阿凑气得一时说不出话，只好冷冷留下一句"晚安"，就离开了账房。

回卧室的路上，阿凑不免又看了一眼院子里的情形。此时，人群比刚才稀疏了一些。貉子狸的石像旁，有一盏阑珊的院灯，古贺正坐在灯下弹着吉他。小弟们围坐在他面前，形成了一个半圆形。春子也夹杂在小弟们中间，短裤下伸着两条白花花的胖腿。大概是被蚊子叮了，她的手在大腿上哗哗哗地不停挠着。不只是春子，小弟们也是这个挠着脑袋，那个拍着肚皮。古贺哥每次一曲弹罢，也会挠一阵手腕子和脚脖子。昏暗中，院子里的醉汉们饱受着蚊虫叮咬之苦，和自己将要迎接的那种虚幻的苦楚相比，他们的苦楚似乎更能令阿凑有所感触。

这个时候给他们送去蚊香和金冠膏的话，他们会开心吧……阿凑虽然有了这个念头，可脚下没有动，依然茫茫然地望着他们。突然，一道橘黄色的光刷的一下子照亮了她的视野，阿凑瞬间清醒了过来，吓了一跳。仔细一看，原来在他们几个中间燃起了一团篝火。他们点燃的，正是前一天阿凑修剪下来的刺柏和黄杨的枝叶。

"喂！你们在做什么？！"

阿凑顾不上穿鞋，慌忙跑了出去。从水龙头那里扯来橡胶水管，对着火堆一通扫射。古贺哥和刚刚听吉他的粉丝们吓得嗷嗷乱叫，一边保护着吉他，一边跑到了正房的屋檐下。

"哎呀！好不容易到了兴头上，你怎么就给浇灭了呢？米妮！"

春子站在阿凑的身旁，扭着身子埋怨道。

"什么米妮米妮的，不要再叫了！小春，要是发生火灾了怎么办啊？"

"怎么可能会发生火灾，又没有风，这么小的一堆火……"

"你在院子里点火，妈妈看到会气得昏过去的！"

"不会吧……不过防患未然啦。你……你可不要对姨母他们告密哦。"

火苗很快就全灭了。阿凑一边逼着春子发誓以后再也不在院子里燃篝火了，一边瞥着在远处不停挠手腕的古贺。接下来，为了销毁现场留下的痕迹，阿凑又指挥小弟们把烧焦的枝叶埋到了后院。

第二天，音乐人狼吞虎咽完早饭，分乘几辆房车，往嘉年华的现场去了。

阿凑还是像往常一样起床，帮忙做完早饭，收拾完了碗筷。这个时候，春子还是没有起来。音乐人走了一个多小时以后，她总算露了面。不曾想，春子一开口就是"已经出发了吗？本来还想给他们壮行的……"，她显得很是沮丧很是懊恼。慢悠悠地吃过早饭后，她的沮丧和懊恼还是没有消散。

午后，阿凑在后院清洗酒瓶的时候，春子悄无声息地出现在她面前，塞过来一样东西，说道：

"这个，是古贺哥送我的礼物。"

阿凑看了一眼，是一张CD。封面上是两位外国的美女，她们两个背靠着背，中间夹着一个大大的红色的桃心。

"他说这个人就是安·威尔森……"

春子指的是左边那个。黑色的头发，嘴唇微微张着，下颚的曲线清晰柔和，显得既有些虚无梦幻，又有几分异域风情。

"嘿，还是个美人，比右边的金发的美。"

"对吧？就是这个人……他说这个人，和我长得很像。"

哪里？！阿凑使劲把这两个字咽了回去。虽然有些不敬，春子姐，你的脸怎么看都像得了腮腺炎，你和她没有任何相像的地方。

"他说的是气质很像哦。"

春子应该自己也觉得，就算是奉承话，也有些过分了，于是补充了一句。

"嗯嗯，那很好呀。"

阿凑应承完，把CD还给了春子，重新开始洗啤酒瓶。

"这张CD呀，特别巧，就在房车上的唱片箱里放着。貌似不是古贺哥的，是别人的。"

"好听吗？"

"太酷了！我最喜欢的呢……是这首……"

春子细细的眼睛，眯得更细长了，她把脸贴近了CD的曲目表。

"这首 Dr……DreamB……Dreamboat Annie。昨天呀，古贺哥还在所有人面前，唱这首歌给我听了呢。他还把歌词里所有的安妮都换成了春妮呢。"

春子的鼻孔开始一鼓一鼓，哼起了一段模糊不清的旋律。实际上，在阿凑的耳中，春子无论唱什么歌，她都会听成采茶小调。

"大约就是这种感觉，阿凑……不不……米妮不想听听吗？"

"别叫我米妮，我叫阿凑。"

"不是挺好的嘛，米妮多可爱呀。我这名字，春子，都不能让古贺哥给我起一个好听的英文名……对了，话说回来，这两个人太酷了，是吧？！金发的这个呢，是弹吉他的。噢，对了，她们是亲姐妹。金发的是妹妹，长得像我的这个呢，是姐姐。要不然……我也开始练吉他吧。古贺哥还说，我的手就是天生的弹吉他的手呢。一把吉他，要多少钱呢……"

"这个还真不太清楚……至少十万日元吧？"

"十万的话，分期贷款就能买一把了，要不我就买一把？"

"买一把？"

"米妮也一起买吧。"

"我就算了。"

"也是啊……就算一起开始学琴，下个月米妮就要去东京了……"

"哎呀，我不是说了，不要再叫我米妮啦！我去的又不是东京，是埼玉啊。"

"在东京……古贺哥一个月会有一次演出。他说我要是去看他，可以不收钱。所以嘛，下次我去东京的时候，就在你家住好不好？"

"嗯……我觉得新房建好了之后是可以住的。那之前貌似住的地方很小……说不定没有客人睡的地方。"

"没事呀，我就在起居室凑合一下就好。"

"……小林先生同意的话，我是没问题的……"

"那就问问他呗。"

这一瞬间，阿凑有一种强烈的感觉，她觉得自己真的被冒犯了。这种感觉，其实并不是此刻才产生的。春子说的话从来不过脑子，简直听不出是一个三十五岁的女人说出口的。此时，春子举起CD，对着太阳，又开始哼起了歌。你能不能别哼哼了？！阿凑心里这样叫喊着，可她嘴上说的，转瞬变成了一种嘲讽。

"那个……小春呀，这也不算是说教……"

春子没有停下来。为了让她听清楚自己说的内容，阿凑拧紧了水龙头，接着说道：

"你别一提古贺哥古贺哥就开心得不得了，那个人呀，明眼人一看就不是个好人。"

"你说的是古贺哥？"

春子终于停下了鼻腔的颤动，面对着阿凑，皱紧了眉头。

"对，你的古贺哥，一定不是什么好人。"

"不不不，古贺哥是个特别单纯的人，像个小男孩一样。米妮也和他聊聊天吧，他绝对不可能是坏人的。"

"可你看他那身打扮，不是很奇特吗？为什么大晚上还要戴墨镜呢？在屋子里还要一直戴一顶帽子。其实头顶已经没有毛了吧？露在外面的那几根，也掺着很多白头发。实际上可能已经是个老头子了吧？他还那么瘦，肯定不怎么健康！"

"不会的不会的，他的指甲可是很光滑的。"

"光滑这个词用在他身上可太恶心了。"

"你说什么呀！和米妮私奔的那个男人，不是更老更像个坏人？！而且还不像古贺哥，是所有人的老大。你那个，就是个有没有都无所谓的小跟班！"

"小春你……你不会把去年的事情跟那群人说了吧？！"

"说了啊，唱卡拉OK的时候。"

"为什么啊？你为什么到处说我的闲话啊！"

"你要是觉得说出去丢人，你一开始就别做啊！"

"是个人都会有那么一两件觉得丢人的事儿吧？！"

"我就没有！"

面对嚣张的春子，阿凑竟无言以对了。

的确，春子或许真的没有什么觉得见不得人的事情。或者可以说，她已经完全丧失掉羞耻感了。也不清楚是在这山里丧失的，还是在静冈被人家弃婚的时候，还是在采茶小调全国大赛夺冠的时候……

"其实……昨晚，古贺哥差点把我压在他身下……"

"啊？"

"古贺哥昨晚来偏房了，他说想和我做……我呢，我犹豫了……就差一点的时候，我没答应他。可……今晚……"

阿凑张大了嘴巴，愣愣地看着春子。

"今晚……做什么？"

176

"做什么……做爱呀……"

"你是不是傻?"

"我怎么傻了?"

"小春啊,你是成了他的女朋友了吗?"

"他倒是对我说,我是他的女人了。"

"怎么可能,他怎么可能是认真的?"

"当然啦,古贺哥说的时候很认真的。"

"小春啊!你真的是个傻子吧?!他是看你是个好弄到手的女人才要和你做的啊!"

"你闭嘴!你有资格说别人吗?你自己呢?去年那两天,你自己还不是和那个男的做得昏天黑地的?你才是好弄到手的女人,我可不是!我可不会像只发情的猴子一样,要做那么多次。做一次我就清楚了,到底是真心的还是骗我的!"

"你不是还没做吗?"

"所以我今晚要做啊!"

"做爱做爱,你这个人太下流了!真的是,我真的是不懂你,我真的没话可说了!"

"那你就别多管闲事了!"

"回头受伤的可是你自己。"

"所以要我怎么样?你要当新娘子了,那就能对别人指指点点了吗?米妮和我是两个人,你不要把自己的想法都强加在别人的身上!"

"我跟你说过了，你别再叫我米妮了！"

阿凑怒不可遏，拎起啤酒瓶一下子就砸到了水龙头的铁管上。

"哗"的一声脆响，茶色的玻璃碎片四溅出去。春子"啊"地发出一声尖叫，扭头就跑了。阿凑有些后悔，她深深吸了一口气，从口袋里掏出手套，戴上，把碎片聚拢到了一处。酒瓶的碎片重重叠叠，在阳光的映照下熠熠生辉。

这一晚，音乐人很晚才会回到旅馆。阿凑、阿凑的父母、春子，还有一位留下来候场的阿姨，几个人围坐在阴郁的餐桌旁。

自从白天吵架以后，阿凑和春子还没有说过一句话。春子看起来很沮丧，但阿凑觉得，那不是因为自己的话受了伤，而是因为古贺哥明天就要离开了。

睡前，阿凑打开了笔记本电脑，在网上检索了"安·威尔森"。在视频网站，有用户上传了一段安·威尔森的演唱会视频，阿凑点了进去。阿凑第一眼看到从舞台一侧漫步出来的安·威尔森，就不免叫出了声。春子拿的那张唱片，是很久以前的了。现在映入阿凑眼帘的，是2000年以后的影像。这时候的安·威尔森已到中年，肥硕的身躯，巫婆一样的浓妆，唱片封面上那个充满灵性的少女早已没有了半点影子。

原来，古贺说与春子相像的，不是少女时代的安·威尔森，而是这个中年发福的姐姐。终于，阿凑懂了。看来，古贺哥没有为了把春子弄到手而花言巧语。阿凑找出古早的视频，对比之后，发现安·威尔森歌喉几乎没有任何变化，还是那么具有张力，那么热情洋溢。埼玉的唱片租借行不知道有没有这个乐队的CD，有的话，阿凑想借来好好听听。她不想向春子借，她还没有解开心结。如果，安·威尔森唱起采茶小调，会不会和春子没有什么不同呢？这个念头闪现了一下，阿凑没有继续追问自己，因为她还是希望避免想起春子。直到困意来袭，阿凑一直单曲循环那首 *Dreamboat Annie*。

音乐人说过，回旅馆的时间是十二点以后。果然如此，半夜一点多的时候，他们回来了。

阿凑睡得正酣，被发动机的声音吵醒了。她趴在窗前向外张望，看到偏房的灯亮着，春子穿着睡衣，正往外跑。大家已经商定，音乐人回来的时候，由春子负责给他们开门。

口哨声、尖叫声，那帮音乐人一边制造着各式各样奇特的声响，一边陆陆续续下车，进了旅馆。看起来，每个男人的膝盖以下都黑黢黢的，那应该不是灯影，八成是山里的烂泥。明天一早，需要打扫房间、清洗被褥，光是想到这些工作，阿凑已经烦不胜烦。

男人们差不多全数进来了，只有春子和古贺迟迟没有进门。阿凑原本打算不管他们，可还是放不下心，或者说

179

想一雪去年翻云覆雨时被偷看到的前耻，更或者说，她渴望当场见证"你是我的女人"只是春子的胡思乱想，亲眼见证古贺哥的一脸嫌弃、而春子在投怀送抱后哭哭啼啼的画面。在多种动机一股脑的驱使下，阿凑静悄悄地出了卧室。

阿凑来到停车场对面的走廊，从窗子往外看。一辆房车的后门是开着的，借着院子的微光，可以看到春子和古贺肩并肩坐在车上。

听不到他们在说些什么，但两个人的脸离得很近，都洋溢着笑容。他们一会假装在弹吉他，一会又用手指指夜空，很是开心的样子。过了一会，两个人同时站了起来。阿凑以为他们要去偏房了，不料，古贺的双手突然捧起了春子的面颊。春子向后退了一步，但没有挣脱。古贺的脸渐渐贴了过去。阿凑看不到春子的表情，但是，恍惚中，春子变得小鸟依人起来了。仿佛在她面前，突然出现了一座无法撼动的巨岩。

两个人的唇，紧紧贴合在了一起。

在一旁偷窥的阿凑，感到自己的喉管似乎收缩了一下。

很快，唇与唇分开了。古贺的眼睛，看向了远方。他从口袋里取出一根香烟，点燃，插入了春子依然噘起的两唇之间。

两个人又坐回了房车后面，又一同仰望夜空。

夜空上，群星璀璨。

阿凑再也无法继续窥视下去了，她又静悄悄地回到了自己的卧室。

第二天早上的十点，到了该退房的时间，没有一个音乐人露面。

就连阿凑的母亲都受不了了，连连催促父亲去叫早。父亲拉开每个房间的拉门，大喊："该起床了！"终于，男人们像一个个橡胶玩偶一样，开始慢吞吞软塌塌地起床。他们满口酒臭，一边起床，一边还要和旁边的人相互骂骂咧咧。母亲也忍不住了，一边拍手一边喊着："起了！起了！起了！"男人们终于一个接一个走了出去，衣衫当然是不整的。每一个人的脸色也都不同，有的是绿色的，有的是黄色的。只有古贺和其他人不同，他的脸色，似乎比平日还要多了一些红润。他一边挥手，一边致谢："哎呀，承蒙关照咯！"接着，向房车那边走去。

阿凑装装样子，弯了弯腰，在玄关目送音乐人离去。阿凑在心里冷冷地描画着春子接下来的好戏——舍不得离别之苦的她哭倒在地上……强行冲上房车，大叫把我一起带走……可不曾想到，春子本人却和古贺保持着距离，只是坐在偏房门前的椅子上，一个人静静地发呆。

旅馆里，只剩下音乐人中负责结账的男人。他结完账后也走了出来。阿凑刚要躬身施礼，就听到外面响起了发动机的轰鸣。一辆房车，停进了停车场。房车的司机是个女人，她刚一下车，就和其他房车前正在吸烟的男人们挨个击掌，显得格外亲近。

"这位……是客人们的朋友吗？"

母亲一边苦笑着一边问道。

阿凑看了一眼那个女人，她很像一个人，是安·威尔森，年轻时的安·威尔森。

那个女人探头看了每一辆房车，终于，在最后那一辆找到了古贺哥。她把古贺哥拽了出来，一把搂住了他的脖子。阿凑可以感到，自己的身体在一点一点冰冻。她不敢看，又不得不看向偏房前的春子。春子正死死盯着那对男女，像要一口吃掉他们。

古贺牵着女人的手，坐到了女人开来的房车的副驾驶位。古贺哥喝了一口女人递来的饮料，接着把手搭在了女人的肩上，"啵"的一声，亲上了女人的嘴。

房车一辆接一辆，卷着沙尘，驶离了旅馆。

"唉……今年也是不省心的几天，我累了，回去睡一会。"

母亲在阿凑的身后长长叹了一口气，转身进了正房。

阿凑和阿姨打扫完房间，到院子里一边晾晒被子，一边喷芳香剂。她偷偷往偏房那边看了不知多少次。

整座偏房，都沉没在静穆之中。没有人唱歌，也没有人哼歌。埼玉会不会也像这样无声无息呢？阿凑隐隐想到。她又有些担心，这个房间，今后，永远，会不会都如这般死静呢?

"采茶小调最耐听，次郎长是人中龙……"

阿凑稍稍放开声音，试探着唱了一句，但没有人应和。

偏房前孤零零的椅子突然让阿凑明白房车离开时春子没有起身相送的缘由。应该是……春子又犯了腰疼，没有能够站起来。真是这样的话，那我必须去给她揉揉了。也不清楚，今天的腰疼，是不是和古贺一夜风流的后遗症。不管因为什么腰疼，自己不去帮她按摩可是不行的。

山里的一草一木，伴着熏风，摇曳着，辉耀着。远处的小鸟，在轻声鸣啭。院子里，阿姨握着拍子，啪啪地掸落着被褥上的污尘。

这里似乎并不是那么安静，不是想象中那样无声无息。阿凑不禁又感觉到，汇聚在这座山中旅馆的所有声音，大约都是春子重新一展歌喉的前奏。

我
的
外
婆

小美铃：

　　上一次，婆婆没有带你去稻毛屋，对不起。婆婆一直惦记着小美铃，下次来婆婆家的时候，一定会带你去的，请你原谅婆婆吧。让小美铃不开心，婆婆可难受了。小美铃可不要再生气了，婆婆最喜欢你了。

婆婆

　　我的外婆，她会给我写这样一封温暖的信，我是如此幸运！那个时候，我无时无刻不想见到我的外婆。她的嘴巴有一些干瘪，像是正在吮吸梅干。她的眼睛圆圆的，每次发现我在看她时，都会睁得大大地逗我笑。她的脚腕粗粗的，总是穿着厚厚的毛线袜……来到她的身边，总会闻到烤小鱼干和烟草的味道。我的外婆，我的婆婆，直到今天，我都好想再见一面。

　　小的时候，因为肺炎，我住过两次院。提起这件事的时候，听到的人的脸上，总会浮现出"啥？"的表情。有的人会说："难得你竟然还这么有活力。"还有的人会说："原来如此，怪不得你的声音总有些嘶哑。"我往往会回答

187

说："因为我父母都吸烟吸个不停嘛。"这个时候，对方的脸上，又会重现"啥？"的表情，还会追问："肺炎是因为这个吗？""我觉得病因不在这里，"我会连忙否认，"那个时候，不是几乎每个人的爸爸都会吸烟么。我们乡下，就连妈妈们也会吸烟。学校的老师们，在办公室里也是烟雾缭绕。"于是，有的人的脸上，便会流露出一丝自得的神色，说一句："我们乡下，可没有这样的习俗。"有的人会蓦然垂首，视线沿着桌子的边缘游走，说一句："您说的乡下，真的像是文明开化以前的事情了。"接下来，对话会转向青少年的贫困现象、老龄化社会的进展等一类话题。例如：我们女性的寿命今后会越来越长，再过几年的话，整个国家，每五个人里，就会有一个六十五岁以上的女性了，"婆婆时代"马上就要到来了……

县道旁的一家生协医院，有宽敞的停车场。五岁和十一岁的时候，我在这家医院的儿科住过两次院。十一岁那一次真的很无聊。不过，五岁的那次，简直就像是做了一场梦。因为不生病的时候，每周才能见到外婆一次。住院以后，她就会每天都来看我。还会带来山一样多的填色画、娃娃换装童书和好看的发饰当作礼物。

六人间的窗前，我躺在病床上，手腕上插着细细的输液管。银色的架子上，悬着点滴药袋，手臂上的输液管和它远远地连着。窗外，是高大的榉树，枝叶繁茂，占满了整块玻璃。在那浓密的树叶深处，总有乌鸦在啼叫。特别是清晨，乌鸦会格外亢奋。听声音，并非是一群乌鸦在竞相比赛音量。有一只乌鸦叫得格外响亮。感觉它已经不在乎自己的嗓子，每一声都是拼尽全力的啼叫。"嘎——嘎——嘎——"一声接着一声。每天早上，我都会被这只乌鸦叫醒，心想，小乌鸦起床好早啊。就因为是黑羽毛，我就把它当作是夜晚的鸟类了，这样想好傻好傻———一想到这些事情，我的心情就会格外晴朗。这种时候，茂密的树冠对面，每一次都是湛蓝的长空。我会躺在病床上，伸出小手去够……那一瞬间，手腕处的疼痛感，又会眨眼间把我的愉悦击得粉碎。我模模糊糊地看到，手腕上插着的管子从我的皮肤往上约一根木筷长度的地方，都染成了暗红色。不清楚是护士小姐的技术不够高明，还是点滴针的角度问题，或者是血压的问题，住院期间，我在仰卧的时候，管子里常常会出现血液倒流。病床的枕畔安装着一个绿色的圆圆的呼叫按钮。如果有什么需要，只要按一按那个圆形的绿东西，就可以呼叫护士小姐。按下呼叫器的按钮后，天花板的正中间，一个小小的圆形的莲蓬头里，就会有人询问："请问有什么事情吗？"这个时候，按过按钮的病人，就需要对着莲蓬头，大声讲述自己的身体产生了怎样的异常。然而，这对于我来说，是一件痛苦的事情。在家里的时候，我明明就是一国的女王，可以颐指气使。可在生人面前，就算是自己的名字，我都说不好。像我这样的孩子，一个人的时候，反而变得更加固执，一味放大自己心底萌生出的不安。总之，或许因为这个原因，那个呼叫器，我从来没有按下去的勇气……

　　沉默的代价就是身体里的血液流出体外。这件事情，我已经欣然接受。每一个这样的清晨，我都会闭上眼睛，一边思考着我就要死掉了，我就要死掉了，一边听着外面乌鸦的号叫。多年以后，我已经长大，我在书上了解到，西藏有一种葬礼文化——鸟葬。读到这里的时候，我联想到的第一个场景，就是五岁的时候，病房内那凄凉的一幕。如果我生在西藏，死在西藏，我希望，负责把我鸟葬的，一定得是那只乌鸦。我希望那只乌鸦把我吃得干干净净。长大成人后的我，尽管曾经这样由衷企盼过，可又转念一想，一切都如我所愿，似乎剧情又有些过于天衣无缝，反而显得有些做作了。

　　不管怎样，我有我的外婆。小美铃睁开眼睛的时候，她总会出现在雪白的窗帘前。"这里好像又有点不对哦"，外婆轻轻拿起管子，看到里面倒流的血液后，总会离开病房，带着护士小姐一起回来。护士小姐会迅速解决好。外婆呢，会翻开娃娃换装童书，用剪刀唰唰唰地把只穿着内衣的女孩子从书上剪下来递给我。这种时候，病房里其他的孩子，还都在睡梦中……

　　和我的父母一样，我的外婆，也是香烟爱好者。

　　无论是做家务的时候，还是散步的时候，外婆随时都会来一根。划火柴，点燃烟，深呼吸一样深深地吸上几口后，剩下的，就都在烟灰缸里捻灭。所以，厚厚的玻璃烟灰缸里面，装满了像是还没有吸过的长长的烟蒂。外婆教会我怎样划火柴。就算火柴盒的侧壁再软再薄，外婆划一次就可以成功点燃。而我呢，捏起火柴的时候，不是手指离火柴头太远，就是在擦火皮上划过的那一瞬间突然吓得没了力气，因此总是点不着。多数情况下，我都会半途而废，气鼓鼓地把火柴扔到一边。

外婆特别喜欢猫。养的猫有三花的"咪咪"，橘猫"茶虎"，还有虎斑猫"酷酷"。因为外婆溺爱它们，所以我也无条件地溺爱它们。我太爱我的外婆了，爱到无以复加。厨房、散步、超市，无论她去哪里，我都会理所当然地跟在她身后。就连她去洗手间，我照样是她的小尾巴。我家住在市区。从我家开车向南二十分钟，就可以到乡下的外婆家了。那里的乡下——步行五分钟的范围内就有三处神社。到了夏天，田地两旁的水渠里，就可以钓上来数不清的小龙虾——就是这样的乡下。外婆家里的厕所是老式的，需要定期有人来抽取、清理。厕所的门上有一个木栓，但是很容易就坏掉。外婆去方便的时候，几乎从未拴上过这个木栓。当我找不到外婆的时候，我会跑到厕所门前，看到门是关着的，我就会"嘿"地大喊一声，把门撞开。于是，蹲在那里的外婆的大屁屁，就会出现在我面前。外婆的脸上、手上都是细小的皱纹，还有许多许多褐色的老人斑，像是茶水洒满了皮肤。可是呢，外婆的大屁屁却是弹弹的、光滑的。大屁屁的下面，是那个黑乎乎的可怕的深坑。正在对着那里尿尿或拉屁屁的外婆，总会不耐烦地对我说："快走开！"但我总是很执拗，坚持说："我就要在这里。"我会屏住呼吸，直勾勾地盯着外婆，等她解决需要解决的任务。

　　五岁的时候，我因为肺病住院的那段时间，外婆每天早上都来看我。她和我一起涂填色画，一起过家家，午饭前才回去。有时候，她想我了，还会在傍晚的时候出现，给我一个大大的惊喜。傍晚来的时候，外婆带来的不是玩具，而是可乐饼汉堡。隔着县道，医院的对面是一家DOMDOM汉堡店，外婆就是从那里买给我的。"快吃快吃！"外婆一边说，一边刷拉一声拉上床帘，为的是不让同屋的小病友们看到。背着护士小姐和母亲，拼命往嘴里塞的可乐饼汉堡，真的是太美味了！尽管汉堡已经冷掉了，但是马铃薯的味道特别香醇，分量又足，肚子会撑得饱饱的。"等到出院了，我要吃十个这种汉堡！"看着士气高涨的我，外婆在一旁呵呵笑着。实际上，出院以后，是不是真的去实现诺言了，我已经忘到脑后了。只是记得我上中学的那一年，和外婆两个人，去DOMDOM吃了可乐饼汉堡。为了庆祝我考入中学，外婆还送给我一支深红色圆珠笔，笔杆上用罗马字母印着我的名字"Misuzu"。我们面对面坐着，一起大嚼着汉堡。这个时候，外婆怔怔地看着我的脸，冷不防说道："婆婆可是活不到小美铃出嫁的那一天了呢。""婆婆，这种话，我可不许你说！"

我吃完了汉堡，央求外婆，"不够不够，我还要再吃一个！"外婆从口袋里掏出一枚五百元的硬币，我把它交给了收银员，又买了一个热腾腾的可乐饼汉堡。收银的人找给我零钱的时候，我总觉得她的脸上有几许感伤。

我回到椅子上，外婆一边抠着干涩的指甲，一边还在嘟囔着："婆婆活不到小美铃出嫁的那一天了。""一定能活到的！"就算我反驳，外婆还是不停地絮叨这句话，久久没有停下来。我生气了，不理她了。那时，原本就不怎么交流的父亲和母亲，关系变得更加紧张。他们之间，总有一种针尖对麦芒的味道。父亲一般到了很晚还不回家，母亲却显得异常开朗。和外婆吃汉堡的几天前，我和母亲两个人在家里吃她亲手做的奶油可乐饼。我的饥饿感一直挥之不去，怎么吃都觉得吃不饱。于是，我吃完自己盘子里的以后，没有说话，就离开了座位，来到厨房，撕开保鲜膜，用手抓起母亲留给父亲的可乐饼，站在原地大口大口地吞掉了。回到餐桌旁，我对母亲说："我把爸爸的那份也吃光了。"没想到，母亲的表情没有丝毫变化，她说："没关系的，你爸爸去图书馆了，他在那儿和新的妻子吃完晚饭再回来。"

"小美铃出嫁的那一天，婆婆已经等不到了""婆婆真想看看我的小美铃变成漂亮的新娘子啊"，外婆的胳膊肘撑在DOMDOM的白色的光滑的桌子上，变换不同的语句，唠叨着相同的事情。突然，我对外婆说：

"爸爸的新妻子，在图书馆工作哦。"

刚说完，我的脸立刻就红了。我在撒谎！不是真的！我像是编了一件无中生有的事情，好想赶快撤回。

"是那个三十五岁的女人吧？"很快，外婆说道，"你爸爸跟我说了。"

外婆的脸上，浮现出奇怪的笑容。我的大脑一片空白，我的认知出现了混乱。嗯？外婆不是母亲的母亲么？难不成，其实是父亲的母亲？外婆接着说："婆婆还去图书馆，看了看那个人长什么样呢……婆婆呀，想看看，她能不能当好小美铃的新妈妈。"

外婆带着我一起乘上了公交车，在市民图书馆站下了车，好像我们本来就计划来这里似的。那位当事人就在这里工作。这座建筑，和我生活的地方的图书馆形状不同。更古旧，外墙上布满了深绿色的爬山虎，感觉哪一处都是棱角分明。外婆一路小跑，拽着我的手，进了自动门。一进门，就是一个弧形的木制前台，上面并排摆放着几台大大的方形电脑。电脑后面，坐着一个年轻的女人。短发，围着围裙。"是她？"我问外婆。"不是的。"外婆回答道。

外婆和我手拉着手，在图书馆的一层找了一圈。每次遇到围裙上别有名牌的女性，我都会问"是她？"外婆每次都摇摇头。到了二层，角落里坐落着一间地方资料室。我们推开门，看到靠窗的巨大的书架前站着一个女人。她正在聚精会神地用一个白色的小机器读取书上的二维码。染成褐色的长发在后颈处扎成一个马尾。从她身后猛然看到，会错以为后背上挂了一把扫帚。

"是她？"我又问外婆，终于，外婆点了点头。外婆真的什么都一清二楚！太厉害了！真不愧是我的外婆！我对外婆佩服得五体投地，在心里深深地给她鞠了一躬。接着，我们抽出一本地方史领域的书，并排坐在了那个女人侧面的一张桌子上，一起偷看工作中的她。这个女人的容貌，是比三十五岁更加年轻，还是更加衰老，从她的背面和侧面完全看不出来。不过，从她的侧颜可以看出，她的眉形不是弯弯的那种，而是一字眉。唇形应该也是那种笔直的，看一眼就知道是铁石心肠的角色。也只有这样的角色，才会下定决心和父亲结婚。我隐隐约约有这种感觉，并且，我的内心对于这种感觉表示认可。眼前的这个女人，与其说是我的新母亲，不如说是父亲的新妻子，这样定义，才更符合她的身份。在父亲不知情的情况下，和外婆一起偷偷盯梢，尽管会担心事情败露，但我还是感到兴奋，体味到了一种近似探险的心跳加速。

婆婆，我们简直就像间谍一样！我靠近外婆的脸颊，想对她小声说。没想到，外婆突然从随身带的棕色手包里，取出了手账和笔。然后开始画起了工作中的父亲的新妻子——或者说我的新母亲的肖像。第一笔是面部的轮廓，接着又加上了扫帚一样的马尾，然后描画出肩膀和身体，最后又回到了面部。外婆三笔两笔画好了眼睛、鼻子和嘴巴，然后把手账递给了我。我从背包里掏出外婆刚刚送我的圆珠笔，在外婆画的人像的一旁，为父亲的新妻子——或者说我的新母亲画了一张我这个角度的肖像画。我的画有一些功底，在小学举办的画展上，得过好几次奖。画出的画，也比外婆的强得多。我对自己的作品很有信心，得意洋洋地递给外婆后，外婆扑哧笑了出来，一把把手账抢了过去。接下来的好一阵子，我和外婆轮流画了好多张面前那个忙碌着的人。几个来回以后，外婆突然画了一只海豹。我怎么能输，于是回敬了一条大鳎鱼。然后是外婆画的树懒和我画的刺猬，再然后，外婆画了咪咪、茶虎和酷酷的脸，我画了在火炉前团成一团的咪咪、在享受金枪鱼刺身的茶虎，还有跳到半空中去接一根竹轮的酷酷。

手账上剩下的所有白纸，都被我和外婆画的小猫涂满了。父亲的新妻子——或者说我的新母亲，一直在一旁专心致志地"滴……滴……滴"地扫码。

上了高中以后，我和一个邻市的男生走得越来越近，他喜欢吹黑管。第一次约会，我们去看了电影。第二次约会，我们去一个池塘看了鸭子。第三次约会，我们去的是外婆家。

因为是初恋，我开心得每天都像在飞翔。他温柔，五官立体，还是优雅的黑管演奏者，我一天二十四小时都沉浸在对他的爱慕中。我离不开他，无论去哪里，我都想和他在一起。不过，我从没想过跟着他去厕所，看他尿尿或拉屈屈。能让我想去这么跟着的人只有我的外婆。我和他交往了三年左右。之后，我和几个男生谈过恋爱，还和其中的一个人步入了婚姻的殿堂。但是，在家里、在餐厅、在职场，无论哪个喜欢的男人离开座位，我都没有一丝想要追着他们去洗手间的冲动。每每想到这里，我很想哇地嚎啕一声，如今的我，似乎丢掉了什么宝贵的东西。

　　我的外婆那天开着车（外婆想学开车就能学会，真是太棒了！），载着我和初恋男友去了她常去的中餐厅。外婆最喜欢这里的什锦炒面。在一张四人桌上，我挨着外婆，男友坐在对面。大概是还没有到晚饭的时间，除了我们，店里没有其他客人。我和男友正是能吃的年纪，肚子永远都像是无底洞。外婆特意为我们要了五盘煎饺，她一边笑呵呵地看着狼吞虎咽的我们，一边吃吃小榨菜、喝着啤酒。我们一起等待炒面的时光，如此静好。突然，"轰"的一声巨响，餐厅的拉门被人用力拉开了。一股寒风嗖地吹到了我的背上。对面的男友正要把一个煎饺放到嘴里，饺子却"啪"地掉到了桌子上。我回头去看，四个穿着深色运动服的男人并排站在餐厅里。他们都戴着黑色的手套，有的拿着黑色的布口袋，有的拎着棒球棒，还有的举着对讲机一样的东西。四个男人中有三个戴着墨镜，只有左数第二个没有戴，他的脸上是一个丑八怪的面具。餐厅的女主人正好端着炒面从厨房走了出来，看到这几个男人，一下子定在了原地。沉默充斥着整个餐厅。只有外婆，背对着店门，还在一边咯吱咯吱地嚼着榨菜，一边喝着啤酒。

闯进来的明明是这几个男人，但看他们的表情，好像是我们和这家餐厅一起闯进了他们的地盘，他们的嘴唇颤抖着，往后退了半步。我愣了一下，不知他们要做什么。突然，其中一个男人怪叫了一声，那声音像是信号，几个人一齐动起手来。有的踹翻了桌子，有的用棒球棒把摞在门口的啤酒箱打翻在地，有的把贴在墙上几十年的菜单撕得稀烂，有的抢过我们桌子上的盘子，把饺子扔到了天花板。还有一个迅速地按着快门，把这一切拍了下来，闪光灯闪个不停。

婆婆！这些人疯了！我们会被他们杀死的！我紧紧地搂住身旁的外婆的肩膀，想把我最爱的外婆转移到安全的地方。可我刚扭腰转过身去，整个身体就已经动弹不得了。男人们穿着夹克衫，肥大的裤子已经又破又脏。只有一个人，他的运动鞋像是刚刚买的新鞋，雪白。他的鞋子太白了，竟有些刺眼，鞋带被裤腿遮挡着，时隐时现，打着漂亮的结……

男人们的怪叫、东西碎裂的声音、女人们的哀号……餐厅里，充斥着各种噪声。说来奇怪，我可以一直清清楚楚地听到外婆嚼榨菜的咯吱咯吱声。忽然间，咯吱咯吱声停了下来。"啪"，啤酒杯放在了桌子上，外婆缓缓站了起来。

"接下来，是我的吃饭时间了！"

男人们怔怔地盯着外婆。

"打扰老年人晚餐的人，大多是活不长的！"

男人们面面相觑，一个个的脸上都显出了几分难堪的神色。几秒钟后，像是餐厅外有一块巨大的强力磁铁，男人们一个个地从店里消失了。接着，拉门哗啦哗啦一响，"晚上好"，一位手持警棍的警察先生走了进来。原来，几个男人刚开始闹事的时候，厨房里的一个年轻人就从后门出去，跑去岗亭报了警。

"婆婆！刚刚是你吗！太厉害了，你太帅了吧！"我激动地夸赞着外婆。扔到天花板上的煎饺，又掉回到了桌子上，一片狼藉。激动的我好不容易才恢复了平静。听到我的溢美之词，外婆只是简单回答了一句："婆婆只是想，该吃晚饭了嘛。"说完，外婆用纸巾擦了擦饺子，"嗖"地扔进了嘴里。"这几个孩子也是可怜，肯定过得憋屈又无聊才会这么干的吧。刚才婆婆不应该那么说，应该请他们吃点东西的。"

从这一晚开始，我深爱的那位黑管少年简直把我当成了至宝或是公主，对我万分小心。因为，我有一位勇敢的、无敌的外婆。

一个距离大学入学考试不到一周的冬日的早晨。上学路上，因为下雪路滑，我不小心摔了一跤。我的脸就要撞到花坛的一角时，电光石火间，一旁的外婆猛地推了一下我的腰，把我推了出去。我倒在了花坛旁的地上，好在地上都是积雪，只是左手的手指划破了，没有受什么大伤。那一年很顺利，我考入了美术大学。后来有一阵子，我每天在一张巨大的画布上作画，画布有我的两倍那么高。就要完工的那一晚，我站在人字梯上处理收尾工作。忽然之间，我感觉到大地在摇动。我心里一惊，这时候，面前的巨大的画布向我倒了下来。那天晚上，恰好外婆来参观我的画室，她连忙伸手，扶住了将倾的画布。幸好有外婆在，画作和我都平安无事。在我的婚礼上，没能邀请外婆出席。不过呢，她曾夸奖过我要嫁的男人"感觉不错"。两年后，我和那个男人离婚之后，又是外婆安慰我，"只是没有缘分而已"。那一天，外婆开车过来，她阴沉着脸，穿了一件做工时的围裙，帮我搬离了那个家。那以后，又过了十几年，父亲和母亲都因为相同的病症，先后离开了人世。那时候，还是外婆陪在我的身边，让我搂着小猫，轻轻拍抚我的后背，静静地安慰我。

小美铃：

上一次，婆婆没有带你去稻毛屋，对不起。婆婆一直惦记着小美铃，下次来婆婆家的时候，一定会带你去的，请你原谅婆婆吧。让小美铃不开心，婆婆可难受了。小美铃可不要再生气了，婆婆最喜欢你了。

婆婆

我的外婆，她会给我写这样一封温暖的信，我是如此幸运！

写过这封信的一年以后，外婆的肠道出了问题。一个夏天的傍晚，外面的蝉吵闹个不停，在我住过的生协医院，外婆去世了。几个月之后，母亲去整理遗物，回来后，把这封信交给了那时才九岁的我。长方形的卡片背后写着一个古老的日期，如今算来，已经过了将近半个世纪之久。上面留着母亲的字迹——"美铃，外婆去世以后，妈妈去外婆家收拾屋子的时候发现了这封信。去年你是不是和外婆闹过不愉快？"

从病房推出来的时候，外婆的面色看起来是蜡黄色的。后来，母亲时不时会和我聊起，"外婆去世后，美铃有一个多月没有和任何人说过一句话呢。"可能……真的是这样的吧。可是……真是这样的话……之后那些鲜明的记忆，又该何处安放呢？我清楚地记得，外婆咽气后的面庞，外婆葬礼上的点滴。同样，我也清楚地记得，外婆在图书馆画的每一幅画，外婆在中餐厅吓退坏人们的英姿。有人说："不是的，那不是你的外婆。为什么呢？因为你的外婆在你九岁的时候，就已经离开这个世界了。你会想，外婆还在世就好了，你想让外婆一直在你的身边。这些思念交织在一起，才凭空制造了一些回忆。"坐在我对面的另一个人说道："不不不，那的的确确是你的外婆，我们不能被钟表和日历上的数字欺骗，我们不能被困在别人给我们灌输的时间概念里。如果经历的每一个瞬间，都必须牢不可动，必须是切实的、连续的，那么，你的人生的所有时间，只会变成一座玻璃城堡，而里面，空无一人……"

　　身穿褐色的运动服，戴着老花镜，外婆在一床仙鹤图案的被子前俯着身子。枕头上躺着一个婴儿。外婆正用左手爱抚着婴儿的面庞。这张照片，是手拿相机的人从斜上方拍摄的。因此只能看到外婆的左脸。婴儿的脸整个被挡在了外婆的手的后面。拍照的地方不是在医院里面，看起来像是一处民居，屋子里的榻榻米已经烧得焦黑。那里绝不是我出生后住过十八年的父母家。尽管如此，尽管谁也看不出被子里的婴儿是谁，但我从不曾怀疑过，那个婴儿，就是我。已经过去了几十年，我一直把这张宝贝照片放在手边，心情好与不好的时候，都会仔细端详一遍。看过了几百遍、几千遍以后，渐渐地，本来不可能看到的婴儿的面孔，我已经可以看清楚了。眉毛浓密却杂乱，鼻子和嘴巴是两个小小的肉肉的凸起，眼睛眯缝着，像是心情有些糟糕。她刚刚出生一周，接下来的九年间，她会爱我爱得无以复加，不管我去哪里，她都想要跟着我。这个女孩子，正躺在仙鹤图案的被子里，回望着我的目光。

我们一起玩填色画和娃娃换装的时候，外婆总会说：
"早上一起床就照镜子的话，第一眼看到的会是将来的小
美铃爱人的脸哦。"直到今天，每天早上起床后，我依然
会来到镜子前，试图去看清镜子里的那张脸。并且，每一
次我都会驻足一刻，注视着至今为止每一个清晨都映射在
时间表象的那个东西。我想，这张脸，我没有见过。每一
个这样的清晨，外面一定会是湛蓝的长空，一定有一只乌
鸦，每一声都拼尽全力地啼叫着，"嘎——嘎——嘎——"

青山七惠
ブルーハワイ

BLUE HAWAII
by NANAE AOYAMA
Copyright © 2018 NANAE AOYAMA
Original Japanese edition published by KAWADE SHOBO SHINSHA Ltd. Publishers
All rights reserved
Chinese（in Simplified character only）translation copyright © 2023 by Shanghai
Translation Publishing House
Chinese（in Simplified character only）translation rights arranged with
KAWADE SHOBO SHINSHA Ltd. Publishers through Bardon-Chinese Media
Agency,Taipei.

图字：09-2020-820 号

图书在版编目（CIP）数据

蓝色夏威夷 /（日）青山七惠著；宋刚译 . —上海：
上海译文出版社，2023.10
（青山七惠作品系列）
ISBN 978－7－5327－9355－6

Ⅰ.①蓝… Ⅱ.①青…②宋… Ⅲ.①短篇小说－小
说集－日本－现代 Ⅳ.① I313.45

中国国家版本馆 CIP 数据核字（2023）第 181217 号

		出版统筹　赵武平
蓝色夏威夷	［日］青山七惠　著	责任编辑　许明珠
ブルーハワイ	宋　刚　　　译	装帧设计　汐和 at compus studio
		封面插画　织田知里

上海译文出版社有限公司出版、发行
网址：www.yiwen.com.cn
201101　上海市闵行区号景路159弄B座
浙江新华数码印务有限公司印刷

开本 850×1168　1/32　印张 6.5　插页 5　字数 88,000
2023 年 10 月第 1 版　2023 年 10 月第 1 次印刷

ISBN 978－7－5327－9355－6/I·5840
定价：49.00 元